11/20

MAUREEN CHILD

Una antigua atracción

Editado por Harlequin Ibérica.
Una división de HarperCollins Ibérica, S.A.
Núñez de Balboa, 56
28001 Madrid

© 2018 Maureen Child
© 2020 Harlequin Ibérica, una división de HarperCollins Ibérica, S.A.
Una antigua atracción, n.º 2134 - 7.3.20
Título original: Billionaire's Bargain
Publicada originalmente por Harlequin Enterprises, Ltd.

Todos los derechos están reservados incluidos los de reproducción, total o par-
cial. Esta edición ha sido publicada con autorización de Harlequin Books S.A.
Esta es una obra de ficción. Nombres, caracteres, lugares, y situaciones
son producto de la imaginación del autor o son utilizados ficticiamente, y
cualquier parecido con personas, vivas o muertas, establecimientos de negocios
(comerciales), hechos o situaciones son pura coincidencia.
® Harlequin, Harlequin Deseo y logotipo Harlequin son marcas registradas por
Harlequin Enterprises Limited.
® y ™ son marcas registradas por Harlequin Enterprises Limited y sus filiales,
utilizadas con licencia. Las marcas que lleven ® están registradas en la Oficina
Española de Patentes y Marcas y en otros países.
Imagen de cubierta utilizada con permiso de Harlequin Enterprises Limited.
Todos los derechos están reservados.

I.S.B.N.: 978-84-1328-855-0
Depósito legal: M-730-2020
Impreso en España por: BLACK PRINT
Fecha impresion para Argentina: 3.9.20
Distribuidor exclusivo para España: LOGISTA
Distribuidor para México: Distibuidora Intermex, S.A. de C.V.
Distribuidores para Argentina: Interior, DGP, S.A. Alvarado 2118.
Cap. Fed./Buenos Aires y Gran Buenos Aires, VACCARO HNOS.

Capítulo Uno

–Cincuenta mil dólares y el bebé es todo tuyo.

Adam Quinn tragó saliva para contener la rabia y observó a su enemiga. Kim Tressler tendría unos treinta años y el pelo rubio a la altura de las mejillas. Llevaba un vestido negro ajustado que dejaba poco a la imaginación, y le miraba de soslayo con los ojos pintados. Estaba de pie con su hijo apoyado en la cadera.

Adam mantuvo deliberadamente la vista apartada del bebé. El hijo de su hermano fallecido. Tenía que mantener la cabeza despejada para lidiar con aquella mujer y eso no sucedería si miraba al hijo de Devon.

Estaba acostumbrado a tratar con todo tipo de adversarios. Era dueño de una de las empresas inmobiliarias y de construcción más importantes del mundo, y eso implicaba que tenía que lidiar con muchos tipos. Y siempre encontraba la manera de ganar. Pero esta vez no se trataba de negocios. Era personal. Y dolía mucho.

Al mirar la prueba de ADN, Adam vio la confirmación de que el padre del bebé era Devon Quinn, su hermano pequeño. Mantuvo la vista clavada en los papeles. En el fondo sabía que no habría hecho falta realizar la prueba. El niño era exactamente igual a Devon. Y eso significaba que Adam no podía dejarlo con su madre bajo ningún concepto. Kim era fría y mercenaria. Exactamente el tipo de mujer de Devon. Su hermano siempre había tenido un gusto pésimo para las mujeres.

Con una gran excepción: la exmujer de Devon, Sienna West.

Adam sintió una punzada de algo que no quiso reconocer y luego apartó cualquier pensamiento relacionado con Sienna. Ahora estaba lidiando con un tipo de mujer muy distinto y necesitaba centrarse.

—Cincuenta mil —alzó la mirada hacia ella.

—Es lo justo —Kim alzó un hombro con gesto despreocupado, y cuando el bebé empezó a llorar lo agitó con fuerza para intentar que se callara.

En lugar de mirar a su hijo, recorrió con los ojos la oficina de Adam. El despacho era muy grande. Los grandes ventanales ofrecían una vista espectacular del Pacífico. En las paredes colgaban fotos de algunos de los proyectos más famosos de la empresa. Había trabajado mucho la empresa, y que lo asparan si le importaba que aquella mujer mirara a su alrededor como si todo lo que veía tuviera el signo del dólar encima.

Cuando el niño empezó a sollozar, Kim volvió a mirar a Adam y dijo:

—Es el hijo de Devon. Él me prometió que cuidaría de mí y del bebé. Era él quien quería un hijo. Ahora que ha muerto, todo terminó. Mi carrera está despuntando y no tengo tiempo para ocuparme de él. No quiero al bebé. Pero como es de Devon, supongo que tú sí.

«Menos instinto maternal que una gata salvaje», se dijo Adam sintiendo lástima por el bebé. Y al mismo tiempo no pudo evitar preguntarse qué diablos había visto su hermano en esa mujer. Incluso teniendo en cuenta que Devon había sido siempre muy superficial, ¿por qué elegiría tener un hijo con ella?

Adam tragó saliva al pensar en la facilidad con la que Kim había borrado el recuerdo de su hermano pequeño. Devon tenía sus cosas, pero se merecía algo más que esto.

Devon había muerto en un espantoso accidente de barco en el sur de Francia hacía poco más de seis meses. La herida estaba todavía lo bastante fresca como para provocarle una oleada de dolor. Cuando Devon murió hacía un año que Adam no hablaba con él.

—¿Tiene nombre? —teniendo en cuenta que solo se había referido a él como «el bebe», a Adam no le sorprendería que no se hubiera molestado en ponerle un nombre.

—Por supuesto que sí. Se llama Jack.

Como su padre. Adam no sabía si sentirse conmovido o enfadado. Devon se había apartado de la familia y luego le había puesto al niño el nombre de un abuelo fallecido mucho antes de que él naciera.

Kim suspiró y dio unos golpecitos con el pie en el suelo de madera.

—Bueno, ¿vas a pagarme o voy a tener que…?

—¿Qué? —Adam se puso de pie bruscamente y la miró a los ojos—. ¿Qué tienes pensado hacer exactamente, señorita Tressler? ¿Dejarlo en un orfanato? ¿Intentar vendérselo a otra persona? Los dos sabemos que no harás nada de eso, principalmente porque te echaría a mis abogados encima, y tu carrera de modelo se vería tan dañada que tendrías suerte de conseguir trabajo posando al lado de un saco de pienso para perros.

Kim entornó los ojos. Respiraba agitadamente.

—Quieres dinero, y lo tendrás —Adam evitó mirar al bebé, pero no podía soportar la idea de que ella siguiera tocando al hijo de Devon ni un segundo más. Rodeó el escritorio, tomó al pequeño en brazos y lo sostuvo. El niño se lo quedó mirando con los ojos muy abiertos y sin parpadear, como si estuviera decidiendo qué pensar respecto a la situación.

Y Adam no podía culparle. Había cruzado el planeta y ahora lo entregaban a un desconocido. Nunca había estado muy cerca de ningún niño, y mucho menos de un bebé. Pero al parecer eso iba a cambiar enseguida.

–Muy bien. Acabemos con esto cuanto antes y me marcharé.

Adam la miró con desprecio y luego pulsó el intercomunicador del teléfono del escritorio.

–Kevin –dijo con sequedad–. Que venga el equipo legal. Necesito que redacten un documento. Ahora.

–Enseguida –respondió su asistente.

–¿El equipo legal? –preguntó Kim alzando una de sus finas cejas.

–¿Crees que voy a darte cincuenta mil dólares sin asegurarme de que esta sea la última vez que vienes a mí en busca de dinero?

–¿Y si no firmo? –preguntó Kim.

–Claro que firmarás –afirmó Adam–. Quieres ese dinero a toda costa. Y te lo advierto, si intentas renegociar o algún movimiento de ese tipo pediré la custodia. Y ganaré. Puedo permitirme luchar contra ti en los tribunales durante años. ¿Entendido?

Kim abrió la boca como si fuera a decir algo, pero se contuvo. Finalmente murmuró:

–Entendido.

Adam miró al niño que tenía en brazos y se preguntó qué diablos se suponía que debía hacer ahora. No sabía nada de bebés. No tenía familia a la que llamar pidiendo ayuda. Su padre ya no estaba y su madre vivía ahora en Florida con su último novio… y tampoco era precisamente la típica abuela.

Iba a tener que contratar a alguien. Una niñera. Volvió a pulsar el intercomunicador y llamó a Kevin.

Dos segundos más tarde se abrió la puerta de la oficina y apareció Kevin Jameson. Alto, de cabello rubio oscuro y ojos perspicaces del mismo tono azul de la corbata de seda que llevaba puesta.

Adam le pasó al instante al bebé y exhaló un suspiro de alivio.

–Ocúpate de él mientras Kim y yo resolvemos esta situación.

–¿Yo? –Kevin sostenía al bebé como si fuera un paquete de dinamita con la mecha encendida.

–Sí. Sus cosas están en esa bolsa –añadió Adam haciendo un gesto a los dos hombres de traje negro para que pasaran–. Gracias, Kevin,

Los abogados rodearon el escritorio. Adam no vio a Kevin salir con el bebé.

Con la puerta cerrada, Adam miró a Kim y dijo:

–Esto es lo que vamos a hacer. Un pago una vez y firmas renunciando a todos tus derechos como madre. ¿Está claro?

Kim no parecía del todo contenta. Seguramente imaginaba que podría volver a por más dinero cuando quisiera.

–De acuerdo.

Adam asintió.

–Caballeros, quiero un contrato que me entregue la custodia del hijo de Devon a mí. Y que sea válido para cualquier tribunal.

Una hora más tarde, Kim Tressler se había marchado y Kevin estaba de regreso en el despacho de Adam.

–Me debes una por pasarme al niño de esa manera –afirmó el asistente.

–Lo sé. Te has enterado de lo que pasa, ¿verdad?

–En cuanto la vi con el bebé supe que iba a haber problemas –Kevin sacudió la cabeza antes de darle un sorbo a un café–. El niño es igualito a su padre. Los dos sabemos que Devon eligió a algunas malas mujeres en su momento, pero creo que esta se lleva la palma.

–Si dan premios por vender a tu propio hijo, sí, sin duda.

–Qué horror. En días como este me alegro profundamente de ser gay.

Adam resopló y miró a su alrededor.

–¿Dónde está el bebé?

Kevin echó la cabeza hacia atrás y cerró los ojos.

–Lo he dejado al cuidado de Kara. Tiene tres hijos. La experiencia es un plus.

–Y así no tienes que ocuparte tú de él.

–Sí, eso también cuenta –Kevin abrió un ojo para mirar a Adam– Tampoco te he visto a ti deseando acunarlo.

–Bueno, ¿qué diablos sé yo de bebés?

–¿Y crees que yo sé algo? –Kevin se encogió de hombros–. Kara se está ocupando de él y he enviado a Teddy el de contabilidad a comprar pañales y esas cosas.

–Vale. Así que el bebé está bien por ahora –Adam frunció el ceño. Necesitaba ayuda y la necesitaba ya–. Tengo que encontrar una niñera.

Kevin le dio otro sorbo a su café.

–¿Quieres que busque candidatas y las entreviste?

–Me ocuparé yo mismo. Pero necesito a alguien para hoy.

–Eso va a ser difícil.

Adam miró a su amigo.

–¿No conocemos a nadie que pueda ocuparse?

Kevin se encogió de hombros.

–No a quien podamos confiarle un bebé. Excepto tal vez Nick… y antes de que lo sugieras, te digo que no.

A Nick, el marido de Kevin, le encantaban los niños y ejercía de tío con sus múltiples sobrinos.

–No sería por mucho tiempo.

–Una sola noche sería ya demasiado tiempo –Kevin sacudió con fuerza la cabeza–. Nick sigue hablando de adoptar y no quiero darle más munición.

–Muy bien.

Pero no estaba muy bien. Había hecho lo correcto, había salvado a su sobrino de una madre que no se lo merecía, y ahora Adam tenía que encontrar algunas respuestas. No se le ocurría nadie que pudiera servir como rescate temporal. No se lo podía pedir a su exmujer. La idea le hizo gracia. Tricia era reportera de televisión y tenía menos conocimiento sobre niños que él. Además, Tricia y él no habían vuelto a hablar desde que su matrimonio terminó hacía más de cinco años.

Adam frunció el ceño y se dio cuenta de lo aislado que estaba. Dejó la taza de café y tamborileó los dedos en el escritorio. La mayoría de la gente que conocía eran personas del entorno laboral. No tenía tiempo para amistades, y todas las personas que conocía estaban igual de ocupadas que él.

Adam se puso de pie y se pasó las manos por el pelo.

–No debería ser tan complicado.

–¿Y Delores? –sugirió Kevin.

Adam sacudió la cabeza.

–Es limpiadora, no niñera. Además, se marcha mañana a visitar a su hermana en Ohio.

Parecía que el universo estaba conspirando contra él. Pero Adam no se rendiría.

Un pensamiento le surgió en la mente. Y Adam lo examinó desde todas las perspectivas. De acuerdo. Podía funcionar. Si no le estallaba en la cara primero.

—¿En quién estás pensando?

Miró a Kevin.

—En Sienna.

Kevin se quedó boquiabierto.

—¿Quieres que la exmujer de Devon se ocupe del hijo que tuvo Devon con otra mujer?

Adam frunció el ceño.

—No sonaba tan mal dentro de mi cabeza —murmuró.

—Bueno, pues debería. Adam, Sienna dejó a Devon porque él no quería tener hijos.

Adam agitó la mano para quitarle importancia al comentario.

—Esa fue solo una de las razones.

—Exactamente —Kevin se puso de pie y miró a su amigo—. Devon se portó fatal con ella, ¿y ahora quieres que se ocupe de la nueva generación de la familia Quinn?

—Esto sería un acuerdo estrictamente profesional.

—Ah, bueno, entonces todo bien.

Adam ignoró el sarcasmo y cruzó el despacho hasta el gran ventanal que daba al mar. Kevin tenía razón, pero eso no importaba porque Adam no podía pensar en nadie más aparte de Sienna.

—Es la única persona que conozco que podría hacer esto.

—Tal vez, pero, ¿por qué iba a hacerlo?

El argumento era válido y los dos lo sabían. Kevin se acercó y se colocó a su lado.

–Cuando se divorció de Devon no quiso ni un centavo de su dinero. ¿Qué te hace pensar que aceptará el tuyo?

Adam miró a su amigo.

–Porque no le voy a dar opción.

Sienna West giró la carita de la recién nacida hacia ella. Luego dio un paso atrás y disparó la cámara. La luz era inmejorable. La manta amarillo pálido sobre la que estaba colocada la bebé destacaba el tono cobrizo de su piel y las margaritas amarillas y blancas extendidas por encima y alrededor de aquel cuerpecito hacían que pareciera una imagen de cuento de hadas.

Sienna hizo unos cuantos disparos más en rápida sucesión y luego su ayudante, Terri, colocó con cuidado una margarita en la oreja de la niña. Sienna se recostó hacia atrás y sonrió. Miró la pantalla de la cámara y sintió aquella descarga familiar de logro. Revisó las tomas que le gustaban, las que podría editar y las que borraría. Alzó la vista hacia los orgullosos padres y dijo:

–Creo que lo tenemos.

–Van a ser preciosas –dijo la joven madre tomando a su hija en brazos y acurrucándola contra el pecho.

–Es difícil que sea de otra manera –aseguró Sienna–. Es una niña preciosa.

–Sí, ¿verdad? –murmuró el padre de la bebé acercándose para pasarle un dedo por la mejilla.

Sienna levantó rápidamente la cámara e hizo varias fotos de la familia. La ternura de la joven madre. La actitud protectora y la delicadeza del padre y la niña dormida.

–Dentro de una semana tendré pruebas que mostraros –dijo Sienna incorporándose–. Terri os dará el código para entrar en la página web. Luego lo único que tenéis que hacer es decidir cuáles queréis.

La madre le dio un beso a la bebé.

–Esa va a ser la parte más difícil, ¿verdad?

–Normalmente sí –dijo Terri guiando a la familia fuera de la habitación–. Venid conmigo, os daré el código.

Sienna los vio salir y se giró hacia Terri. Era buena con los clientes. Madre de cuatro hijos y abuela de seis nietos, sabía cómo manejarse con los bebés. Además, tenía ese toque tranquilizador con los padres nerviosos y los niños inquietos. Contratarla había sido lo mejor que había hecho Sienna.

Sacó la tarjeta de memoria de la cámara, la insertó en el ordenador y abrió una nueva carpeta para la familia Johnson. Descargó las imágenes y las fue pasando con ojo crítico, descartando las que no cumplían sus expectativas. Le encantaban las que había tomado en el último momento a la familia al completo.

El corazón le dio un vuelco dentro del pecho. En el pasado ella también soñaba con tener hijos. Con crear una familia con el hombre al que amaba. Unos años atrás creía tener aquel sueño convencional a mano… pero descubrió que solo estaba agarrando niebla. Briznas de sueños que a luz del día perdían toda cohesión.

Devon Quinn había sido un sueño y una pesadilla al mismo tiempo. Tan guapo. Tan encantador, con una sonrisa traviesa y un brillo en los ojos que prometía aventura y amor. Pero Sienna solo había visto lo que quería ver, y no tardó mucho en darse cuenta de que casarse con Devon había sido el mayor error de su vida. Ahora Sienna estaba divorciada e intentaba sacar adelante un negocio de fotografías de niños que no eran suyos.

—Déjalo estar —se ordenó.

Sienna era una firme partidaria de dejar el pasado atrás y concentrarse en el ahora. No quería pasar mucho tiempo recordando a Devon ni aquel matrimonio.

—Sienna, hay alguien que quiere verte.

Alzó los ojos para mirar a Terri. No parecía muy contenta.

—¿Quién es?

—Yo.

Terri dio un respingo al escuchar aquella voz grave a su espalda. Sienna tenía la mirada clavada en el hombre que estaba detrás de su ayudante. Se levantó muy despacio. Conocía aquella voz. Hacía dos años que no la escuchaba, pero la habría reconocido en cualquier parte. No solo era una voz profunda, también exudaba poder, haciendo saber a todo el mundo que el hombre que hablaba estaba acostumbrado a ser escuchado y obedecido. Algo que no casaba con ella. Pero siguió con la mirada clavada en la suya, y una oleada de calor le atravesó el estómago antes de subir al pecho.

Adam Quinn.

Su excuñado. Al ver a Adam se dio cuenta de lo mucho que se parecía a Devon, pero los ojos color chocolate de Adam la miraban fijamente. No vagaban por la estancia como los de Devon, que siempre parecía buscar alguien más interesante con quien hablar.

Adam tenía los labios firmes, y se podría decir incluso que apretados en gesto adusto. Tenía el pelo más liso que Devon y la piel menos bronceada que su hermano, que se pasaba el día tomando el sol en la playa o esquiando.

Era más alto de lo que recordaba, mediría un metro ochenta y ocho, y aunque llevaba un elegante traje azul marino cortado a medida de tres piezas, parecía más un pirata que un hombre de negocios.

Solo verle provocaba que se le acelerara el corazón. Siempre que estaba cerca de Adam le pasaba lo mismo. Sienna odiaba reconocerlo, el hermano de Devon estaba fuera de sus límites. O debería estarlo. Devon se permitía a sí mismo todo tipo de excesos, mientras que Adam era demasiado estirado. Demasiado empresario para el gusto de Sienna. Lo que tenía que hacer era encontrar un hombre justo en el medio de aquellos dos extremos. El problema era que le parecía imposible conocer alguna vez a alguien capaz de convertirle las entrañas en un fuego abrasador con una sola mirada como hacía Adam.

Habían pasado dos años desde la última vez que habló con él. Que lo vio. Y el fuego seguía ahí. Ridículo o no, Sienna lamentó no llevar puesto algo más favorecedor que una camisa blanca de manga larga y unos vaqueros viejos.

Cuando se dio cuenta de que el silencio entre ellos se había prolongado demasiado, se aclaró la garganta.

–Adam, ¿qué estás haciendo aquí?

Él salió de detrás de Terri y la mujer se apartó a un lado para no bloquearle el paso.

–Necesito hablar contigo –dijo mirando a Terri de soslayo–. A solas.

Capítulo Dos

«Ya está dando órdenes otra vez». Sienna sacudió la cabeza. El hombre no había cambiado ni un ápice. La última vez que lo vio había iniciado el encuentro diciéndome exactamente cómo tenía que manejar el divorcio de su hermano. Le había preparado un acuerdo financiero por el que la mayoría de las mujeres se le habrían agarrado al pecho en gesto de agradecimiento. Pero Sienna le había dicho lo mismo que a su hermano: no quería el dinero de los Quinn. Solo quería poner fin a su matrimonio. Y ahora Adam estaba allí dos años más tarde intentando tomar el mando. Bien, le escucharía y luego volvería a su vida. Cuanto antes pudiera extinguir el fuego que le bullía en la sangre, mejor.

–Terri –dijo Sienna–, ¿nos disculpas un momento?

–Claro. Pero si me necesitas estaré aquí mismo –añadió la mujer cerrando la puerta al salir.

Cuando hubo salido, Adam preguntó:

–¿Qué se cree que voy a hacerte? –preguntó Adam.

–No tengo ni idea –reconoció Sienna–. Pero tú das un poco de miedo.

–Así que a ti no te doy miedo –Adam se metió las manos en los bolsillos y se la quedó mirando en espera.

–No. Adam. A mí no.

–Me alegra saberlo –él frunció el ceño y miró a su alrededor.

Sienna vio lo que estaba mirando. Una sala simple,

15

con las paredes color crema y sin adornos, con buena luz natural que entraba por las ventanas.

Sienna observó a Adam mientras estaba distraído. Le resultaba demasiado guapo, y levantó la cámara instintivamente. Sus facciones estaban envueltas en el juego de luz y sombras, convirtiéndole en un objetivo irresistible. Sienna hizo dos disparos rápidos antes de que Adam girara la cabeza y la mirara fijamente.

–No he venido aquí a posar para ti.

–Ya me lo imaginaba. Entonces, ¿para qué has venido. Adam? –Sienna miró la pantalla de la cámara. La foto resultaba hipnótica.

–Necesito tu ayuda.

Ella alzó la vista, sorprendida. No se lo esperaba.

–¿En serio? No te pega nada. No eres el tipo de hombre que pide ayuda nunca.

–Ya, te crees que me conoces muy bien, ¿no?

–Sí –afirmó Sienna.

Todo lo bien que podía conocerle alguien. Adam Quinn se guardaba sus pensamientos y sus emociones para sí. Si intentabas ver más allá de los escudos de sus ojos podías terminar con migraña. Cuando conoció a Adam tras haberse casado con Devon, Sienna pensó que los dos hermanos no podían ser más diferentes. El hecho de que además sintiera movimiento en el estómago al mirar al tranquilo y adusto Adam era algo que en su momento la perturbó y que le resultaba todavía más mortificante ahora.

Sienna inclinó la cabeza a un lado y le miró desde el otro lado de la estancia.

–Siento lo Devon –dijo bruscamente, sintiendo una punzada de culpa en el centro del pecho–. Pensé en llamarte, pero… no sabía qué decirte.

–Ya –Adam sacó las manos de los bolsillos y agarró un conejito de peluche que Sienna había usado para una foto con la pequeña Kenzie Johnson–. Lo entiendo. Devon no te trató precisamente bien.

El remordimiento la acuchilló, a la par que la culpabilidad. Por mucho que le gustaría echarle toda la culpa a su exmarido por el fracaso de su matrimonio, no podía hacerlo. Tenía que aceptar su parte de culpa.

–No fue todo cosa de Devon –reconoció–. Yo tampoco era lo que él quería.

Adam alzó una ceja.

–Eso es tremendamente generoso.

–No tanto –dijo Sienna–. Solo soy sincera. ¿Qué pasa, Adam? Han pasado dos años desde que nos vimos, ¿por qué apareces ahora?

Adam dejó el conejito sobre la mesa y se giró completamente hacia ella.

–Hoy me ha hecho una visita la última mujer con la que estuvo Devon.

La noticia ni siquiera le afectó, lo que le hizo saber a Sienna que había superado completamente su historia con Devon Quinn. Qué diablos, había estado con otras mujeres mientras estaban casados.

–¿Y?

–Y… Y me ha vendido al hijo de Devon.

–¿Ha vendido a su hijo? –dijo Sienna sin poder creer lo que acababa de escuchar–. ¿Y tú se lo has comprado? ¿Has pagado a esa mujer por un niño? ¿Tu propio sobrino?

Adam se puso tenso y se le ensombrecieron todavía más las facciones. La miró con los ojos entornados y Sienna se dio cuenta de que estaba apretando los dientes.

–No puedo creerlo. Dios mío, Adam –se estremeció al pensar que el hijo de Devon había sido vendido como si fuera un coche de segunda mano–. Has comprado a tu sobrino.

–¿Y qué opción tenía? –Adam sonaba furioso y parecía estar preguntándoselo a sí mismo también. Empezó a caminar arriba y abajo por la estancia–. ¿Qué iba a hacer, dejar al niño con ella? Dios, si ni siquiera le miró en todo el rato que estuvo negociando –resopló–. No, no fue una negociación sino una extorsión. Ella tenía un precio, lo exigió y esperó a que se lo pagara.

Al mirarle, Sienna sintió que la rabia que sentía por él se convertía en simpatía. Adam había perdido a su hermano, y seis meses más tarde el único hijo de Devon era rehén de una mujer mercenaria. Sienna estaba impactada. Era una realidad muy dura de digerir.

–Ha vendido a su hijo. A su propio hijo.

Una ligera oleada de dolor la atravesó. Cuando se casó dio por hecho que Devon y ella tendrían hijos a la larga. Pero aquella fue una de las cosas que los separó. Él se negó en rotundo, afirmando que no quería que los niños estropearan «la diversión». No le importó cómo se sentía Sienna al respecto. Y aquello le hizo saber mejor que nada que su matrimonio estaba condenado.

Y ahora había tenido un hijo con una mujer que ni se merecía al bebé ni lo deseaba.

–Cincuenta mil dólares –Adam gruñó de nuevo.

–No tendrías que haberle dado ni un céntimo.

Adam giró la cabeza y clavó la mirada en la suya. Sienna sintió un rayo de ira en el aire que los rodeaba. Adam tenía una expresión furiosa, y tal vez debería haberse sentido intimidada. Pero no fue así. Tal vez aquella expresión funcionara con sus empleados, pero

18

no con ella. Un segundo más tarde, Adam pareció entenderlo.

–¿Qué otra cosa podría haber hecho?

Sienna alzó las manos.

–No lo sé. ¿Denunciarla por intentar vender un bebé? ¿Llevarla a los tribunales? Tienes una legión de abogados a tu servicio, y sin embargo, le has entregado un cheque.

Adam se frotó la cara con las manos y Sienna percibió su frustración.

–En lo único que podía pensar era en apartar al hijo de Devon de sus garras. Y esta era la solución más rápida.

De acuerdo, eso podía entenderlo. Pero Sienna seguía echando chispas por dentro.

–¿Y qué le impide venir a pedir más dinero?

–No soy idiota –le espetó Adam–. Mis abogados han redactado un contrato. Me ha cedido los derechos de progenitura. Ahora yo soy el tutor legal de Jack. Que Dios nos ayude a los dos.

Sienna dejó escapar un suspiro.

–¿Jack?

–Sí –Adam se pasó una mano por el pelo, y ella pensó que nunca le había visto tan agobiado–. Devon le puso al niño el nombre de nuestro padre. Y el pequeño ahora no conocerá a ninguno de los dos.

Sienna sintió una punzada de simpatía por Devon, por Adam y sobre todo por el bebé. Cuando dejó a Devon pensó que había terminado con la familia Quinn. Se había empeñado en mantenerse alejada de Adam, y lo había conseguido durante los dos últimos años. No se movían en los mismos círculos, por supuesto, él era rico y famoso y Sienna no. Pero hacía fotos a los ricos y famosos. Y había fotografiado algunos de los edificios que Adam diseñó y construyó. Había conseguido evitarlo durante dos años, y ahora lo tenía allí delante.

—¿Y ahora qué? –le preguntó entonces.

Adam agarró una pizarra infantil y una tiza que había en uno de los estantes.

—Por eso estoy aquí –murmuro mientras escribía. Luego le dio la vuelta para que Sienna viera lo que había puesto.

Necesito una niñera temporal.

Sienna lo leyó y luego alzó la vista para mirarlo.

—¿Y por qué me lo cuentas?

—Porque te necesito a ti.

—¿A mí? Yo no soy niñera, Adam. Soy fotógrafa y tengo un negocio floreciente.

—No te estoy pidiendo que dejes tu trabajo –Adam volvió a dejar la pizarra en el estante y se giró para mirarla–. Eres la única mujer que conozco a la que puedo pedirle esto.

—Oh, venga ya –ella se rio y se apoyó en el borde de la mesa–. Ni que fueras un monje, Adam. Conoces a muchas mujeres.

—Conozco a muchas mujeres que son geniales en la cama, pero no creo que lo sean tanto con un ser humano pequeño e indefenso.

—No sé muy bien cómo tomarme eso –admitió Sienna mientras intentaba calmar la mente. Por supuesto, su cerebro empezó a dibujar imágenes de Adam en la cama. Desnudo. No le había visto nunca desnudo, pero no carecía de imaginación.

—Tómatelo como un halago –afirmó con tirantez–. Sé que Devon te trató fatal y no tienes ningún motivo para hacer algo por los Quinn…

—Devon no se portó tan mal, Adam –le interrumpió ella–. Y no tengo nada contra ti…

Por decirlo suavemente. Ya estaba casada con Devon cuando conoció a su hermano mayor y no podía negar que sintió un escalofrío cuando Adam le estrechó la mano. Y cuando su matrimonio se vino abajo, se preguntó en varias ocasiones qué habría pasado si hubiera conocido antes a Adam. Pero aquello no era lo importante en ese momento.

—Está bien saberlo –afirmó él–. Te necesito. Ese bebé te necesita.

Sienna tragó saliva.

—Eso ha sido un golpe bajo.

—Sí –Adam sonrió brevemente–. Lo sé. Pero hace tiempo que aprendí a usar las armas que fueran necesarias para ganar.

—Ya veo –y lo que podía ver era que estaba intentando realmente hacer lo mejor por el hijo de su hermano–. Temporal, has dicho.

Adam asintió.

—Solo hasta que encontremos a alguien permanente. Podrías ayudarme a buscar a la persona adecuada.

—No sé… –Sienna miró a su alrededor, el equipamiento, el negocio que había levantado de la nada. Si hacía esto tendría que dejar a un lado lo más importante para ella. Pero, ¿cómo no iba a ayudar a un bebé con una madre así?

—Te pagaré lo que quieras.

Sienna se puso tensa y alzó la barbilla al mirarle.

—Porque hayas comprado a la madre del niño no significa que todas las mujeres estén en venta. No quiero tu dinero, Adam. Te lo dije cuando Devon y yo nos divorciamos y nada ha cambiado.

–De acuerdo –Adam se le acercó y la miró con los ojos brillantes–. Lo respeto. Lo admiro, incluso. Pero tampoco puedo tener una deuda semejante contigo, Sienna. Así que en lugar de pagarte, ¿por qué no me dejas que te ayude en tu carrera?

Ella se rio suavemente.

–¿Cómo? ¿Posando para mí?

–No –Adam se acercó más. Lo suficiente para que Sienna se viera obligada a echar la cabeza hacia atrás para encontrarse con sus ojos oscuros. Contuvo el aliento–. Tu estudio es un poco pequeño –murmuró mirando a su alrededor.

Sienna se sintió insultada.

–Por ahora me sirve. Algún día tendré otro más grande.

–¿Por qué esperar? Este es el trato. Tú me ayudas con Jack y yo te consigo el estudio de tus sueños. Tú busca el edificio que quieras –continuó Adam sin dejarse interrumpir–. Y mi empresa se encarga del resto. Lo reformaremos siguiendo tus instrucciones.

A Sienna le latía el corazón con fuerza. El estudio era pequeño, pero había estado ahorrando y labrándose una reputación. El plan a largo plazo era tener un estudio más grande que pudiera atraer a clientes mayores. Su sueño era convertirse en el futuro en la mejor fotógrafa de Huntington Beach, de California e incluso de toda la costa oeste.

Y si hacía esto por Adam eso podría suceder mucho más rápido. Dios, se sentía tentada. Pero si lo hacía…

–¿Qué? –inquirió él–. Estás pensando mucho y no son buenos pensamientos.

–Deja de intentar leerme la mente –respondió Sienna irritada–. Solo pensaba que… si hago eso, ¿sería mejor que la madre de Jack? Ella lo usó para conseguir un beneficio. ¿No estaría haciendo yo lo mismo?

–No.

Una única palabra. Rotunda. Definitiva. Sienna le miró a los ojos y vio lo que quería decir. Lástima que no la convenciera.

–Tú no eres como ella para nada, Sienna –hizo una breve pausa–. Si haces esto no es por Jack. Sería un favor que me harías a mí.

Que Dios la ayudara, estaba dudando. Sacudió la cabeza y continuó con sus argumentos en contra.

–Tengo un trabajo, Adam. No puedo llevarme a un bebé a las sesiones de fotos.

–Lo entiendo, y ya encontraremos una solución. Todavía no sé cómo, pero la encontraremos.

Estaba segura. Nada impedía a Adam Quinn hacer lo que quisiera hacer. Según Devon, su hermano mayor era una apisonadora. Al principio creía que Devon también era así, pero no se dio cuenta de que ese encanto era impostado y no genuino. Por su parte, Adam era una fuerza de la naturaleza. Había ido allí con el claro propósito de conseguir la ayuda de Sienna costara lo que costara, y estaba a punto de conseguirla. Adam no necesitaba la sonrisa fácil de Devon ni ser ingenioso. Tenía el poder de su propia personalidad. Era muy claro respecto a lo que quería y cómo iba a conseguirlo.

–No te estoy pidiendo que dejes tu trabajo –aseguró–. Diablos, te estoy ofreciendo un estudio de ensueño para que tu negocio pueda crecer más deprisa. Solo necesito una ayuda temporal.

Torció los labios, como si la palabra «ayuda» le dejara un mal sabor de boca. No era un hombre acostumbrado a necesitar a nadie.

–Y a cambio –añadió un instante más tarde–, te daré el mejor estudio fotográfico de California.

Le estaba sirviendo su sueño en bandeja de plata. Lo tenía allí, al alcance de la mano, y Sienna se sintió algo mareada ante la perspectiva. Sí, deseaba aquel estudio. Podría construir la carrera con la que soñaba con las herramientas adecuadas. Y si no aceptaba la oferta de Adam, tardaría años en conseguirlo por sí misma.

Pero era una mala idea. Había una historia entre ellos, por no mencionar al fantasma de su hermano fallecido. No quería sentirse atraída por él, pero no podía evitarlo.

Adam la miraba fijamente, así que Sienna hizo un esfuerzo porque su rostro no mostrara lo que estaba sintiendo. No necesitaba que le leyera la expresión en aquel momento. Pero, ¿cómo evitar que su mente vagara por el amplio pecho, los ojos profundamente oscuros, las manos fuertes? Adam esbozó un amago de sonrisa, como si supiera lo que estaba pensando.

Así que ella aspiró con fuerza el aire.

–De acuerdo. Lo haré, pero…

–Estupendo –Adam se retiró la manga de la chaqueta y consultó el reloj de platino que tenía en la muñeca–. ¿A qué hora terminas hoy?

–Espera un segundo. Tenemos que hablar de algunas cosas y…

–Lo haremos –se apresuró a decir Adam–. Luego. Entonces, ¿a qué hora puedes salir?

–Eh… –si Adam seguía cortándola en su afán por acelerar el acuerdo nunca podría decir lo que necesitaba decir. Tenía un par de normas que instaurar y sabía que a él no le gustaría escucharlas. Pero el hombre era como una marea que presionara inexorablemente hacia la orilla. No tenía sentido discutir con él.

–De acuerdo. Puedo salir dentro de una hora.

–Bien. Me reuniré contigo en tu casa, te ayudaré a llevar tus cosas a la mía.

Sienna parpadeó.

–¿Perdona? ¿Qué estás diciendo? –sacudió la cabeza como si no hubiera oído bien.

–Si vas a cuidar del bebé tendrás que estar donde está él, ¿no? –la miró directamente y su mirada fue lo bastante fuerte como para que sintiera todo su poder.

A Sienna no se le había ocurrido pensar en aquello y ahora se preguntó por qué. Claro que tendría que estar con el bebé para cuidar de él, pero no se le había pasado por la cabeza que viviría en casa de Adam. Y ahora que lo pensaba, no creía que fuera una buena idea.

–No había pensado en que viviría contigo.

–No conmigo. En la misma dirección.

–Ah –ella asintió y se encogió de hombros–. Claro. Es algo totalmente distinto.

Adam dejó escapar un suspiro ante el sarcasmo.

–Es una casa grande, Sienna. Tendrás tu propia suite.

Ella arqueó las cejas.

–No sé…

–Recuerda nuestro acuerdo. Busca el edificio que quieras. Puedes diseñar tú misma la remodelación. Construir salas de trabajo con cualquier tipo de luz que necesites.

Sienna ignoró el tirón que sintió ante la zanahoria que le estaba poniendo delante. Y supuso que su expresión le dijo a Adam todo lo que necesitaba saber.

–Sigues vendiéndome una idea a la que ya he accedido. Da la impresión de que estás desesperado…

Le dio la impresión durante un segundo de que iba a negarlo, pero luego se lo pensó mejor.

–Yo no diría tanto, pero casi –reconoció él–. Mira, Sienna, podemos ayudarnos el uno al otro. ¿Cuento contigo o no?

Ella le sostuvo la mirada durante un largo instante. Podría decir que no, pero, ¿por qué iba a hacerlo? Había un bebé que necesitaba cuidados y un hombre completamente perdido que le pedía ayuda.

Y sí, luego estaba el estudio de fotografía.

Pero había otra razón para hacerlo. Una razón en la que no quería pensar. Y era el propio Adam. Sus ojos. El tono grave de su voz. Y el modo en que la miraba.

–De acuerdo –dijo antes de pensárselo dos veces–. Cuenta conmigo.

Las facciones de Adam reflejaron un gran alivio.

–Bien. Eso está bien. Me reuniré contigo en tu casa dentro de dos horas. Te ayudaré a llevar lo que necesitas a la mía.

–De acuerdo –con la decisión ya tomada, seguía teniendo el estómago del revés. Tendría que hablar con los vecinos para que le vigilaran la casa y le recogieran el correo, y… –, apunta mi dirección.

–Sé dónde vives.

Sienna alzó la vista para mirarle.

–¿Ah, sí?

Adam clavó la mirada en la suya.

–Siempre lo he sabido, Sienna.

Capítulo Tres

Dos horas más tarde, tal y como había prometido, Adam se detuvo frente a la cabañita de Seal Beach y aparcó bajo la sombra de un árbol centenario. Qué infierno de día. Tenía un dolor de cabeza que le iba a hacer estallar el cerebro y no parecía que fuera a mejorar.

Se quedó mirando la casa y frunció un poco el ceño. Las flores se salían de los lechos y hacía tiempo que no se cortaba el césped. La pintura estaba descolorida y el tejado parecía tan viejo como el árbol.

¿Por qué diablos se había negado a llegar a un acuerdo cuando se divorció de Devon?, se preguntó. Había una lugar para el orgullo, nadie entendía eso mejor que él. Pero el orgullo no debía interponerse en el camino del sentido común. Estaba claro que el dinero le habría venido bien. Miró el turismo verde desconchado de Sienna aparcado en la entrada. El parachoques oxidado le irritó más de lo que podía expresar. «Cabezota», pensó. Podría haber conseguido millones de Devon.

Adam salió del coche y se dirigió hacia la casa. Se fijó en las grietas de la acera y en los desconchones de la puerta de garaje. Apretó los dientes y registró más de doce cosas en la cabeza en el corto camino hacia el porche. Tenían un acuerdo, pero él iba a añadir cosas tanto si Sienna quería como si no. Su empresa le proporcionaría el mejor estudio de fotografía del estado, pero también le reformarían la casa. Y si Sienna discutía aplastaría cualquier objeción que le sacara. Sienna se había casado con su hermano y Devon había tardado muy poco en demostrar que se había tratado de una mala decisión. Adam no podía ignorar los errores de su familia. Los arreglaría si pudiera, y de este podía ocuparse. Cuando terminara con aquella cabaña Sienna pensaría que estaba viviendo en un maldito palacio.

Sienna abrió la puerta antes de que él tuviera oportunidad de llamar, lo que le hizo saber a Adam que estaba esperando su llegada. Tenía los ojos muy abiertos y una expresión recelosa. ¿Había cambiado de opinión? ¿Iba a intentar echarse atrás del acuerdo? Si esa era su intención, no lo iba a conseguir.

—No pareces contenta de verme —murmuró.

—Deja de leerme el pensamiento.

Adam soltó una breve carcajada.

—Vaya, eso sí que es sinceridad.

—No es eso lo que quería decir. Por supuesto que me alegro de verte. Bueno, no es que me alegre especialmente, pero te esperaba y… —Sienna se detuvo, torció el gesto y aspiró con fuerza el aire. Cuando lo soltó empezó de nuevo—. Hola, Adam.

—Hola —le gustaba saber que le ponía nerviosa. Le gustaba que le brillaran los ojos cuando le miraba. Sabía que era el mismo brillo que tenía él cuando la miraba a ella. ¿Cómo iba a ser de otra manera? Era alta, con curvas, y con unos enormes ojos azules capaz de volver loco a cualquier hombre.

Sienna abrió más la puerta para dejarle pasar. Adam echó un rápido vistazo al interior con un ojo profesional que no dejaba pasar ni una. Al menos el interior de la casa parecía en mejor estado que el exterior. Las paredes tenían un tono perla, un rojo escarlata profundo en el salón y un rosa pálido en el vestíbulo. Se podía imaginar cómo sería el resto de la casa, pero se dio cuenta de que sentía curiosidad respecto a su casa. Respecto a ella.

Los viejos suelos de madera estaban pulidos y había alfombras estilo años cincuenta de varios colores colocadas en el vestíbulo y en la sala de estar. Los muebles no eran nuevos ni modernos pero iban con Sienna. De las paredes colgaban fotos enmarcadas, seguramente suyas. Paisajes marinos, prados, gente, y por alguna razón, bebés vestidos como flores y frutas.

Ella siguió la dirección de su mirada y sonrió.

—Son tan lindos de pequeños… es divertido disfrazarlos.

—Seguro —Adam sacudió la cabeza y observó a un bebé en particular—. ¿Qué es eso? ¿Un melocotón?

—Sí.

Adam se encogió de hombros y la miró.

—Me gustan las escenas de playa.

—Gracias.

—Ahora mismo estamos construyendo un edificio en Dana Point —murmuró él pensativo—. Está como encima de la playa y tiene un diseño diferente.

—¿En serio?

Daba la impresión de que estaba interesada, así que Adam siguió hablando. La idea se le acababa de ocurrir.

—La arquitecta se ha superado a sí misma. El edificio es una curva de cristal que da al mar, pero tiene también como una especie de minibalcones —continuó mirando uno de sus paisajes marinos enmarcados—. Da la impresión de que el edificio sale de la tierra.

—Guau —sonrió Sienna sacudiendo la cabeza—. Nun-

29

ca te he oído hablar así. Quiero decir, está claro que eres bueno en lo que haces, pero…

–Pero la mayoría de los edificios que se hacen en esta época son aburridos, ¿verdad? –preguntó Adam sonriendo–. Todos iguales.

–Bueno, sí –Sienna lo guio hacia el salón–. No quiero decir que no sean bonitos, pero este proyecto del que hablas suena impresionante.

Adam asintió.

–Lo será cuando esté terminado. Pero acabo de pensar que me gustaría hacer fotos durante el proceso de construcción.

–¿Quieres una serie de antes, durante y después?

–Supongo que sí. ¿Te interesa?

A Sienna se le iluminaron los ojos y Adam se alegró de haberle preguntado.

–Sí. Totalmente.

–De acuerdo, en un día o dos tomaremos la autopista de la costa del Pacífico para que te lo enseñe.

–Genial –asintió ella–. Eso es genial.

Adam se dio cuenta de que estaba muy cerca. Tanto que podía aspirar su aroma con cada respiración. Sienna le miró a los ojos y sostuvo la mirada, y Adam sintió una tensión pulsante surgir entre ellos. Le leyó la expresión con facilidad y supo que estaba sintiendo lo mismo que él. Se la quedó mirando un largo instante e hizo un esfuerzo por no estrecharla entre sus brazos y…

«No vayas por ahí».

–¿Preparada?

–Sí. Al menor creo que lo tengo todo –dijo Sienna agarrando una chaqueta ligera colgada en una silla.

Adam alzó las cejas al ver la mochila y la maletita de ruedas al lado de la puerta de entrada.

–¿Esto es todo?

Sienna miró el equipaje y luego se giró hacia él.

–Sí, ¿por qué?

–La mayoría de las mujeres que conozco llevan más equipaje que esto para una escapada de una noche.

Sienna sonrió y él sintió al instante una bola de fuego en el vientre. Aquello era demasiado familiar para él. Desde el momento que se conocieron, Adam sintió aquel destello de algo caliente y peligroso. Por supuesto, lo mantuvo bien atado porque era la mujer de su hermano. Luego, cuando Devon y Sienna se divorciaron, Adam mantuvo las distancias.

Y ahora estaba allí, llevándosela a su casa. Si no conseguía encontrar la manera de superar aquel tirón de deseo, iban a ser dos semanas muy largas. Pero podría manejarlo. Eso era lo que Adam hacía. Cuando se veía frente a una situación complicada, encontraba la manera de atravesarla o de rodearla. Y si algo se le daba bien era centrarse. Eso era lo único que tenía que hacer. Centrarse. No en lo que quería, sino en lo que necesitaba. Y que lo asparan si no necesitaba la ayuda de Sienna.

–¿Estás bien, Adam? –le preguntó ella poniéndole una mano en el antebrazo.

–Sí, muy bien –fue un toque ligero y amistoso, pero lo sintió como un relámpago. Ella al parecer también, porque retiró la mano rápidamente. Adam se apartó al instante de ella. La distancia era la clave, se dijo. Mejor parar ahora–. ¿Seguro que esto es todo?

–Si necesito algo más siempre puedo volver aquí. Tampoco es que me vaya al otro lado del país –Sienna volvió a sonreír–. Además, no soy como la mayoría de las mujeres. Me gusta viajar ligera de equipaje.

31

Una parte de Adam estaba impresionada con aquello. No podía imaginarse a Sienna maquillándose antes siquiera de salir del dormitorio por las mañanas. Qué diablos, lo único que parecía llevar ahora era un poco de rímel y brillo de labios. Y era lo más bonito que había visto en mucho tiempo.

—No hacía falta que vinieras a buscarme –le estaba diciendo ahora a Adam–. Tengo mi propio coche y recuerdo dónde está tu casa.

—No sé qué decirte –murmuró él–. «Coche» es una descripción muy generosa para lo que tienes aparcado en la entrada. Dudo que hubieras llegado con él a Newport.

—Eh –respondió ella sintiéndose insultada–, Gitano es un gran coche.

—¿Gitano? –resopló Adam–. ¿Le has puesto nombre a tu coche?

—¿Tú no lo haces? –Sienna sacudió la cabeza mientras se colocaba un enorme bolso de cuero marrón al hombro y agarró la maleta de ruedas.

—No.

Ella se encogió de hombros.

—Los coches también son personas. Les gritas, negocias con ellos… «por favor, no te quedes sin gasolina aquí». ¿Por qué no iban a tener nombre?

—Este es posiblemente el argumento más extraño que he escuchado en mi vida –murmuró Adam pensativo.

—Piensa en ello la próxima vez que tu coche no arranque y te pongas a insultarlo.

—Mis coches siempre arrancan.

—Por supuesto que sí –se rio Sienna–. No hay nada de emoción ahí, ¿verdad?

–¿Emoción? –aquella era la conversación más extraña que había tenido nunca con una mujer. Y Adam se dio cuenta de que estaba disfrutando mucho.

–Claro –se explicó ella–. Si todo sale bien todo el rato, ¿dónde está la diversión?

–No me parece que una avería del coche sea algo divertido.

–Puede serlo –Sienna rebuscó en el enorme bolso y sacó un juego de llaves–. La última vez que se me rompió la correa del ventilador encontré la mejor cafetería del mundo. Estuve esperando a la grúa allí y me tomé un trozo de deliciosa tarta alemana de chocolate.

–Fascinante –y lo era. Ella lo era. No solo porque su físico le atraía, sino porque le intrigaba el modo en que le funcionaba la mente.

–Nunca se sabe. Una vez se me pinchó una rueda y tomé unas fotos del atardecer espectaculares –Sienna suspiró al recordarlo.

Así que para Sienna un pinchazo y una avería eran algo bueno.

–Eres una mujer interesante.

Ella sonrió encantada.

–Gracias. Qué amable.

Adam se rio con ganas.

–Solo tú verías un halago ahí.

–Prefiero ser interesante que aburrida –bromeó Sienna–. Tal vez salgas con las mujeres equivocadas.

–Tal vez –admitió él.

Diablos, no se había reído con una mujer desde que podía recordar. Sienna ladeó la cabeza y el cabello rubio le cayó en una cascada dorada.

–Puede que todavía haya esperanza para ti, Adam –aseguró mirándole con una sonrisa traviesa.

Él le sostuvo la mirada.

—¿Esperanza de qué?

—Bueno, esa es la pregunta, ¿no? —contestó Sienna.

Adam sintió un tirón en el cuerpo y se le llenó la mente con todo tipo de esperanzas. Pero recuperó el control de nuevo y se recordó que, por mucho que la deseara, Sienna West estaba fuera de los límites.

—¿Todas las conversaciones contigo van a ser así de confusas?

—Si tenemos suerte, sí —Sienna levantó la maleta sin dejar de sonreír.

—Yo te la llevo.

—No, tú puedes llevar la bolsa de ropa. Nadie me lleva las cámaras, solo yo.

—¿Cámaras? ¿En plural? ¿Cuántas necesitas? —preguntó Adam mirando la maleta de ruedas.

—Bueno, no puedo saberlo —respondió ella con paciencia—. Por eso llevo una selección.

Estaba empleando con él un tono paciente, como si hablara con un niño de tres años. Irritante. Increíble la velocidad con la que Sienna podía transformar lo que él sentía de atracción a irritación. Y lo mejor sería que pudiera seguir irritado.

—Muy bien.

—Y recuerda, trabajaré cuando tenga que hacerlo, Adam —alzó la vista para mirarle—. Tengo cuatro encargos esta semana.

Adam asintió. Aquel era terreno seguro. Sí, estaba dispuesto a ceder. Después de todo, el bebé no era responsabilidad de Sienna. No, el pequeño Jack Quinn era ahora cosa de Adam, Durante un segundo o dos sintió cómo su legendaria confianza vacilaba. No sabía prácticamente nada respecto a cómo criar un niño, y no tenía precisamente un gran ejemplo en sus padres. Pero estaba decidido a conseguirlo.

El hijo de Devon se merecía una vida feliz y Adam se encargaría de que la tuviera.

–No pasa nada. Nos las arreglaremos.

Sienna asintió y luego se giró para cerrar la puerta de entrada antes de bajar los escalones de la entrada.

–Te agradezco mucho esto, Sienna –frunció brevemente el ceño. Adam no estaba acostumbrado a ser tan humilde y se dio cuenta de que le dejaba un sabor amargo en la boca. Pedir ayuda era algo impensable en su vida normal. Hacía lo que había que hacer y él estaba al mando. Ahora todo era distinto–. Por si no te habías dado cuenta, no estoy acostumbrado a tener que pedir ayuda.

–Sí, lo sé –afirmó ella–. Pero todo el mundo necesita ayuda a veces.

–Yo no –murmuró Adam–. Mira, soy consciente de que esto es… raro –continuó en tono más bajo–. Tú. El hijo de Devon…

Sienna alzó una mano y sacudió la cabeza.

–No, no veas más de lo que hay aquí. Para mí no es así. Tal vez deberíamos aclarar esto desde el principio. Devon y yo nos divorciamos hace dos años. Y para mí ya había terminado todo al menos un año antes.

Hablaba con tono dulce, pero le brillaban los ojos, y eso le hizo saber que esto era importante para ella. Que quería que Adam la escuchara de verdad.

–Siento que Devon muriera. De verdad que sí. Pero no por mí, Adam. Por ti. Por tu madre –le puso una mano en el antebrazo–. Me alegro de poder ayudar con el bebé, pero no me duele que tuviera un hijo con otra mujer. Devon y yo estábamos mejor como amigos que como pareja. No soy una víctima, Adam. Me va muy bien sola.

Adam la observó durante un largo instante antes de asentir.

–Bien. De acuerdo. Se nota. Me alegro. Eso facilitará las cosas para todos.

–Bien –Sienna le dirigió una gran sonrisa–. Será mejor que nos pongamos en marcha. Te sigo.

Adam volvió a fruncir el ceño.

–Iba a llevarte en mi coche.

–Y sin mi coche, ¿cómo voy yo a trabajar? –Sienna sacudió la cabeza–. No. Necesito a Gitano, así que te seguiré. Y no te preocupes si me pierdo. Ya te he dicho que me acuerdo de dónde vives.

A Adam no le hacía gracia la idea de que condujera aquel trozo de metal que parecía mantenerse en pie de milagro. Pero al mirarla a los ojos supo que si decía algo tendría que enfrentarse a una batalla.

Normalmente no le importaba librar una buena batalla; nada le gustaba más que verse en el medio de un debate y demostrar cuánta razón tenía. Pero hoy no había tiempo para eso. Cuando Sienna estuviera en su casa se ocuparía del asunto del coche. Tenía media docena de vehículos en el garaje, podría utilizar el que quisiera. Lo incluiría como parte de su acuerdo. Sienna tendría que ceder.

–Muy bien –dijo, dispuesto a dejarlo pasar por el momento.

–Entonces, ¿Delores está cuidando ahora del bebé en tu casa?

–Solo por esta noche. Se va mañana de vacaciones –Adam la guio hasta la entrada–. Kevin ha llevado al bebé a casa.

Sienna se rio y el sonido de su risa inundó el aire y se quedó allí colgado como un arcoíris entre las nubes grises. Se giró para mirarle con una sonrisa y repitió:

–¿Kevin? ¿Cómo le has convencido para hacer esto?

–Trabaja para mí.

–Ya –Sienna esperó y le observó.

Adam finalmente suspiró.

–Le voy a invitar a comer durante el resto del mes.

–Ah, buen soborno.

–Yo no soborno a la gente… –Adam se detuvo y asintió–. La incentivo. Bueno, de acuerdo. Fue un soborno –admitió al ver que Sienna no decía nada.

–¿Y qué tal está Kevin? ¿Sigue con Nick?

–Sí, se casaron el año pasado.

–Eso es genial –dijo ella–. ¿Abrió Nick el restaurante del que siempre hablaba?

Adam le puso la bolsa encima del maletero del coche.

–Se decidió por el catering. Pensó que era menos frustrante lidiar con un cliente quisquilloso que con un restaurante lleno de gente. La empresa se llama Hoy es mi noche.

–Me gusta.

–Sí, le está yendo muy bien.

Sienna metió la llave en la cerradura del maletero del coche, la giró… y nada.

–Vamos, cariño. Abre…

–Déjame probar –dijo Adam tomándole las llaves.

Sienna trató de recuperarlas, pero Adam la esquivó.

–Puedo hacerlo yo –arguyó–. A veces se atasca, no pasa nada.

–Ya –Adam lo intentó con los mismos resultados.

Torció el gesto y lo intentó unas cuantas veces más antes de rendirse–. Y este es el coche del que quieres depender.

–A mi coche no le pasa nada –Sienna agarró las llaves, se acercó a la parte delantera y abrió la puerta del copiloto. Dejó con cuidado la maleta en la parte de atrás y luego le hizo un gesto a Adam para que le pasara la bolsa. La metió dentro también y cerró.

–¿Lo ves? Todo está bien.

–Excepto que no puedes abrir el maletero.

–Al final no ha hecho falta.

–¿Eres así de obcecada con todo el mundo o solo conmigo?

–Con todo el mundo.

–Genial.

–Y ahora, si has terminado de menospreciar a Gitano… –le dio una palmadita al coche y luego abrió la puerta del conductor– nos veremos en tu casa.

–Sígueme –era una orden, no una sugerencia.

–Claro.

Sienna entró en el coche y encendió el motor, que tosió como un enfermo de tuberculosis. Adam se inclinó y le dijo por la ventanilla:

–Sigue todo recto y cuando pases Fashion Island giras a…

–Sé llegar, Adam –Sienna sacudió la cabeza–. ¿Eres así de mandón con todo el mundo o solo conmigo?

Él frunció el ceño ante el modo en que le había devuelto la pelota.

–Con todo el mundo –gruñó.

–En realidad ya lo sabía –Sienna sonrió y metió la marcha atrás.

Adam contuvo su frustración y se dirigió hacia su

propio coche. Una vez dentro arrancó el motor y luego giró completamente y esperó para asegurarse de que le seguía. Y qué diablos, para confirmar que el coche aguantaba. No confiaba en aquel pedazo de chatarra.

Sienna era irritante, atractiva y tan cabezota que en lo único que podía pensar era en que las siguientes dos semanas iban a ser una pesadilla. Sobre todo porque ahora la deseaba más que nunca. Molesto consigo mismo, apartó todo pensamiento relacionado con Sienna de su mente el resto del trayecto.

Quince minutos más tarde, Adam giró hacia la autopista de la costa del Pacífico y esperó a que Sienna le alcanzara. Los coches habían entrado y salido del espacio que había entre ellos como en un videojuego, pero no debería estar a más de un minuto o dos por detrás de él.

Esperó. Cinco minutos. Diez. Luego giró el coche y volvió sobre sus pasos gruñendo para ir en su busca.

–Seguramente ese fósil se ha roto y está esperando que la rescaten –se dijo–. Si me hubiera hecho caso desde el principio…

No tardó mucho en ver su coche aparcado en el arcén de la autopista, no muy lejos del muelle de Huntington. No estaba en el coche. Y tampoco estaba al lado esperando a su rescatador.

–Por supuesto –Adam dejó escapar un suspiro, dio la vuelta en cuanto pudo, aparcó detrás de su coche, salió y fue a buscarla.

El viento le daba en la cara, llevando consigo el aroma del mar. Las palmeras bailaban en el viento como las chicas del coro de un espectáculo de Las Vegas, y la espuma adornaba la cresta de las olas que se dirigían a la orilla. Y allí estaba Sienna, agachada al borde del corredor verde con una cámara en el ojo, concentrada en el mar y en los surfistas deslizándose sobre sus tablas.

Adam la observó, admirando su absoluta concentración. No era consciente de su presencia ni de nada más que no estuviera contenido en el centro del objetivo de su cámara. El cabello rubio le ondeaba como una bandera al viento, y los vaqueros desteñidos le marcaban el trasero de una forma adorable. Adam aspiró con fuerza el aire y luego apartó la vista de aquella imagen.

–¿Qué estás haciendo?

Sienna ni siquiera le miró, y eso le molestó un poco.

–Estoy haciendo unas fotos.

–¿Y tenías que pararte a hacerlas ahora?

–Tenía que capturar la luz de las olas –dijo sin responder a su pregunta.

Adam miró hacia donde ella estaba apuntando con la cámara.

–Sí. La luz del sol. La tenemos todos los días.

Sienna levantó entonces la cabeza para mirarlo. En sus ojos había una mezcla de exasperación y lástima.

–No tienes visión.

No fueron tanto las palabras como la expresión de su mirada lo que le afectó.

–Mi visión es estupenda.

–¿Tú crees? –Sienna se giró para hacer unas cuantas fotos más. Luego se incorporó y lo miró a los ojos–. Ves lo que tienes que ver, Adam, lo que esperas ver. Lo que no entra en tus planes, lo pasas por alto.

–Entonces, como no fantaseo despierto ni me distraigo de la tarea que tengo delante, ¿eso me convierte en un bárbaro?

Sienna se rio y sacudió la cabeza.

–No, te convierte simplemente… en ti.

–Me alegra escuchar eso –le espetó él, aunque tenía la sensación de que acababan de insultarle–. Lo que sí esperaba ver era tu patético coche detrás de mí.

Sienna torció un instante el gesto, pero se recuperó enseguida.

–Bueno, ya he terminado. Podemos irnos.

Adam estaba dividido. Admiraba la voluntad férrea y que una mujer tuviera la fuerza de ponerse a su altura. Pero también quería dejar claro el tono de aquel acuerdo. Él estaba al mando, tanto si a Sienna le gustaba como si no, así que más le valía acostumbrarse a la idea.

–Antes de irnos… cuando estés cuidando del bebé, espero que tu «visión» esté centrada en él.

–¿Qué quiere decir eso? –el viento agitó el cabello de Sienna y se lo apartó de la cara.

–Creo que está bastante claro –Adam se encogió de hombros–. Se suponía que debías seguirme y te has desviado para hacer algo inesperado –se metió las manos en los bolsillos y miró hacia el mar–. No quiero que esto suceda cuando estés con Jack,

–¿De verdad crees que haría algo así? –estaba sonrojada y tenía un brillo peligroso en la mirada.

–No he dicho eso.

Sienna aspiró con fuerza el aire, cerró los ojos y un segundo más tarde dijo:

–Nueve. Diez –los abrió y clavó la mirada en la suya–. Mira, Adam, he accedido a ayudarte, y eso es exactamente lo que voy a hacer, pero no vas a controlarme disimuladamente mientras lo hago.

–¿Ah, no? –a Adam le hizo gracia aquello y esbozó una media sonrisa que se le borró al instante.

–No, porque si no puedes mantenerte un paso atrás, no lo haré.

–Ya has aceptado.

–Y mantengo mi palabra –afirmó Sienna. Y luego añadió–: a menos que me provoquen.

Adam podía discutirle aquel punto. Porque en lo que se refería a provocación, tenía más motivos de queja que ella. Podían quedarse allí al lado de la palmera que seguía agitándose con el viento y hablar dando vueltas hasta que se hiciera de noche. Pero la clave estaba en que Adam la necesitaba. Así que por el momento le concedería aquel punto. Pero en su propia casa haría las cosas a su manera y ella no tendría nada que decir. Porque conocía a Sienna West. Nunca le daría la espalda a un bebé que la necesitaba. Por mucho que la provocaran.

–Te van a provocar –dijo sin tener claro si era una advertencia o una promesa–. Claramente. Y a mí también –añadió.

–¿Estás irritado? ¿Otra vez?

–La sensación se está volviendo alarmantemente habitual –admitió Adam–. Y los dos sabemos que tú cumples tus compromisos.

Sienna entornó sus azules ojos para protegerlos del sol cuando se giró para mirar hacia el mar. Los primeros rayos del atardecer teñían el cielo salpicado de nubes en tonos lavanda, rosa y dorado profundo. Se tomó su tiempo antes de contestar, y Adam aprovechó para observarla. Tenía un perfil afilado y fuerte. El viento le agitaba el rubio cabello, y ese mismo viento le apretaba la camisa de algodón blanco contra el cuerpo, marcándole los senos altos y llenos hasta tal punto que Adam tuvo que hacer un esfuerzo para no tocarla.

Todo su cuerpo se puso en tensión, el latido del corazón se le aceleró y se dijo a sí mismo que si era tan listo como se consideraba, debería acabar con aquello. Tener a esa mujer en su casa durante dos semanas y no poder tocarla iba a ser una tortura.

Un pensamiento errante le cruzó por la mente: su hermano había sido un idiota.

Él no cometería los mismos errores. Devon se había casado con Sienna y luego la dejó marchar. Adam no iba a tener una relación con ella porque si ese fuera el caso nunca la dejaría marchar. Y ya había demostrado que no se le daban bien las relaciones.

Así que Sienna estaba fuera de su alcance.

Maldición.

—He dicho que me quedaría y me quedaré —le dijo ella con rotundidad—. Pero una cosa, Adam: tú tomas las decisiones para el bebé. No para mí.

—De acuerdo —con reservas, añadió para sus adentros. Si veía algo que había que hacer, desde luego que haría lo posible por hacerlo realidad.

Tanto si a Sienna West le gustaba como si no.

43

Capítulo Cuatro

La casa de Adam era tan espectacular como Sienna recordaba.

Siguió al coche cuando se abrió la puerta de hierro hasta la entrada rodeada de flores y árboles y luego aparcó a su lado. Salió de su coche y se tomó un momento para deslizar la mirada por la casa y los jardines.

La mansión era de estilo toscano, de ladrillo antiguo, estuco color crema y persianas de madera. La segunda planta estaba recorrida por un balcón con barandilla de hierro negra y enormes maceteros de terracota de los que surgían ríos de flores de colores. La casa estaba situada en lo alto de una colina sobre Newport Beach, y tenía unas vistas impresionantes al océano y a la bahía. Era perfecta… y para su ojo de fotógrafa, una casa de ensueño para documentar.

–¿Estás preparada para esto? –Adam estaba justo a su lado. No le había oído acercarse.

Estaba tan cerca que Sienna podría jurar que sentía el calor que salía de su cuerpo. Y a pesar de ese calor, o precisamente por eso, se estremeció un poco.

–Estoy preparada –aseguró tragando saliva antes de girar la cabeza para encontrarse con su mirada–. Solo son dos semanas, Adam. ¿Qué puede pasar?

Una sonrisa débil asomó a sus labios y Sienna contuvo el aliento. El hombre ya tenía la suficiente confianza en sí mismo, no hacía falta que supiera que la menor de sus sonrisas era suficiente para que le temblaran las rodillas.

—Eso es lo que vamos a descubrir, Sienna —se giró para abrirle la puerta del coche—. Sacaré tus cosas.

Sienna agradeció que no le estuviera mirando a la cara en aquel momento. Adam sabría perfectamente lo mucho que la afectaba. Y aquel era un secreto que no estaba dispuesta a compartir.

—Yo llevo las cámaras —le recordó. Se había terminado el fantasear con casas maravillosas. Había llegado el momento de empezar con aquel acuerdo que abriría la puerta a que ella cumpliera sus sueños. Sacó la bolsa con las cámaras y Adam agarró la mochila antes de encaminarse hacia la casa.

—He llamado a Delores para decirle que veníamos.

—¿Qué tal está? —Sienna recordaba a aquella señora como una persona cálida y amistosa. Por supuesto, aquello fue cuando Sienna y Devon estaban casados. No sabía cómo reaccionaría la mujer ahora.

—Igual que siempre —respondió él sin mirarla—. Como te dije antes, mañana se va dos semanas a visitar a su hermana en Ohio, por eso necesitaba tanto tu ayuda.

Así que estarían solo Sienna, Adam y el bebé en aquella preciosa casa durante las próximas dos semanas. El estómago le dio un vuelco al pensarlo, y también sintió una punzada traicionera un poco más abajo. Oh, aquello podía ser realmente complicado.

Sienna agarró el mango de su maleta y siguió a Adam por la preciosa entrada y a través de la puerta doble labrada a mano. Para evitar mirarle, dirigió la vista hacia el interior de la casa. Era todavía más impresionante que el exterior, y eso ya era decir mucho.

Grandes baldosas color teja cubrían el suelo de la planta baja, y las enormes alfombras de flores en tonos azul y verde pálidos ofrecían una sensación de calidez. Los techos eran altos y con vigas, y todas las paredes tenían enormes ventanales que ofrecían vistas al mar.

Una escalera de caracol de baldosas rojas llevaba a los dormitorios de la planta superior. Sienna lo sabía porque había estado allí con Devon un par de veces. Y también sabía que las vistas de esa planta eran para quitar el aliento.

–¡Estás aquí! –exclamó una voz de mujer seguida del sonido de unos tacones en el suelo.

Sienna se dio la vuelta y vio a Delores Banner aparecer con un precioso bebé colgado de la cadera. Delores tenía unos cincuenta años, una melena corta rubia con canas y los ojos azules.

–Qué alegría verte, Sienna –la saludó con una sonrisa.

Sienna experimentó una oleada de alivio ante el saludo de la mujer. Tenía un poco de miedo de que quizá la culpara por lo que le había pasado a Devon. Ella no tenía nada que ver con la muerte de Devon. Se habían divorciado dos años antes, pero tal vez la culpabilidad era más difícil de soltar de lo que pensaba.

–Gracias, Delores. Yo también me alegro de verte –pero tenía toda la atención puesta en el bebé que la otra mujer llevaba en la cadera–. Este debe ser Jack.

El bebé la miró con aquellos grandes ojos marrones y una sonrisa en los labios. Tenía el pelo castaño oscuro y un hoyuelo en cada mejilla. A Sienna se le derritió el corazón.

–Es igual que su padre, ¿verdad? –Delores se balanceó un poco y el niño agitó las manos. La mujer sacudió la cabeza y miró a Sienna—. Es una lástima. Devon nunca... —se detuvo bruscamente, alzó la barbilla y dijo—, da igual. Qué bien que vayas a cuidar de él mientras yo no esté, Sienna. Te juro que si mi hermana no hubiera hecho tantos planes, cancelaría el viaje.

—No tienes que cancelar nada —intervino Adam en un tono que no dejaba lugar a discusión—. Estaremos perfectamente sin ti durante dos semanas. Sienna va a estar aquí y me va a ayudar a encontrar una niñera.

—Ya está otra vez con lo mismo —le dijo Delores a Sienna antes de girarse para mirar a su jefe—. Ya te he dicho que no necesitamos ninguna niñera. Soy perfectamente capaz de cuidar de este bebé.

—¿Y cuando quieres volver a ir a visitar a tu hermana? —preguntó Adam.

—Bueno...

—Déjame tomarlo en brazos —Sienna se agachó para agarrarlo, y el pequeño sonrió al instante.

Era pequeño pero robusto, y tenía ese olor especial de los bebés. Algo suave e inocente, y Sienna sintió el deseo de estrecharlo entre sus brazos y protegerlo del mundo. Mientras Jack jugaba con sus aretes de plata, escuchó la discusión entre Delores y Adam. Sienna estaba fascinada, y admiró a la asistenta todavía más que antes. No mucha gente se atrevía a enfrentarse a Adam.

—Podemos pensar en algo, o mi hermana puede venir a visitarme aquí hasta que Jack crezca un poco...

—Delores —Adam frunció el ceño—. Tu trabajo no es cuidar del bebé.

—¿No confías en mí?

—No he dicho eso.

—Entonces puedo hacerlo.

—Tampoco he dicho eso.

47

–No sé qué dices o dejas de decir, pero te voy a decir una cosa, Adam Quinn –le advirtió Delores agitando un dedo en su dirección–. Si no me gusta la niñera que contrates, la echaré de aquí.

Sienna disimuló una sonrisa al ver la expresión frustrada de Adam.

–Ya hablaremos de eso si llega el momento –dijo calmando a Delores sin tener que acceder a sus demandas.

Adam era rápido, inteligente y firme cuando quería algo. Y eso le gustaba.

–¿Envió Kevin las cosas del bebé?

Delores apretó los labios como si estuviera considerando seguir con la discusión, pero luego se lo pensó mejor y dejó escapar un suspiro.

–Sí. Han venido camiones de reparto durante toda la tarde.

–Bien. ¿Dónde has instalado su habitación?

–Donde tú me dijiste –respondió ella–. En la suite de invitados que está frente a la tuya.

Sienna conocía aquella habitación. Estuvo allí una vez con Devon.

–¿Y está todo en su sitio?

–Sí –Dolores se acercó a Sienna, le pasó un brazo por el suyo y la guio hacia las escaleras–. Y a ti te he instalado en la suite al lado de la de Adam.

Oh, Dios. Tal vez aquello no fuera una buena idea. Ya iba a ser bastante duro estar en la misma casa que Adam. Estar además en la puerta de al lado podría ser una tentación demasiado grande. Quizá debería dormir en el sofá de la habitación del niño. En cuanto aquel pensamiento le cruzó por la mente se avergonzó de sí misma por pensar siquiera en utilizar a un bebé para protegerse de sus propios deseos.

–Por supuesto –dijo Delores mirándola–, si prefieres otro dormitorio…

–No –qué rabia le daba que fuera tan fácil descifrar sus expresiones–. No, está bien. Gracias por ocuparte de todo con tan poco tiempo de aviso.

–Oh, es un placer. Tener solo a Adam en la casa me daba poco trabajo. Está bien tener que apurarme de vez en cuando.

Subieron las escaleras con Delores hablando por los codos, el bebé saltando en su cadera y Adam siguiéndoles en silencio.

Sienna podía sentir su presencia y se dijo que no era una buena señal. Debía tener cuidado. Debía recordar que solo estaba haciendo aquello por el bien de su negocio. Que no había nada personal entre Adam y ella ni lo iba a haber. Desearle era una cosa, tenerlo sería otra completamente distinta. Eso supondría una complicación que no necesitaba en su vida. Así que se ocuparía del bebé y se mantendría lo más distante posible. Lo mejor que podía hacer era encontrar una buena niñera. Cuanto antes.

Mientras subían las escaleras a la segunda planta, Sienna se centró en la casa, el pasillo, los cuadros de la pared… en cualquier cosa excepto en la sensación de tener a Adam tan cerca detrás de ella.

Delores giró hacia una habitación que estaba a la izquierda. Sienna la siguió y al entrar se detuvo en seco. Se había quedado sin palabras.

–¿Todo esto se ha hecho en un día? –era la habitación infantil ideal. De acuerdo, sí, si tuviera la oportunidad cambiaría el aburrido tono gris de la pared por otro más alegre, pero aparte de eso estaba completamente asombrada. En una de las paredes había una cuna de cerezo y un oso de peluche en una esquina. Había dos cómodas, una mecedora al lado de las ventanas, estanterías bajas con unos cuantos libros y juguetes y una colorida alfombra que cubría el suelo de madera.

–Le dije que lo quería listo para esta tarde –dijo Adam observando con atención el dormitorio.

–Y por supuesto, así ha sido –Sienna sacudió la cabeza. Aquel hombre ordenaba algo y sus deseos se cumplían.

Delores agarró al pequeño de la cadera de Sienna.

–Voy a darle de comer. Vosotros podéis seguir revisando la habitación.

Cuando se hubo marchado, Sienna se cruzó de brazos y aspiró con fuerza el aire antes de dirigirse a Adam.

–Tengo algo que decirte. Cuando accedí a hacer esto, no tuve la oportunidad de dejar claras algunas normas.

Él se metió las manos en los bolsillos, ladeó la cabeza y esperó.

Mirarle le resultaba difícil porque ponía a prueba su fuerza de voluntad. Era demasiado guapo. Demasiado hosco. Demasiado todo.

–Yo cuidaré del bebé, pero no lo haré sola.

Adam frunció el ceño.

–¿De qué estás hablando?

–De ti –continuó Sienna–. Jack es tu sobrino. Eres su tutor, así que será mejor que lo vayas conociendo.

–Tiene seis meses.

–No los tendrá para siempre, y aunque esté con una niñera va a necesitarte a ti.

Adam aspiró con fuerza el aire y por primera vez desde que le conocía, le pareció que estaba preocupado. ¿De verdad había algo en lo que Adam Quinn no tuviera confianza absoluta en sí mismo?

–Lo creas o no, ya lo había pensado –murmuró.

–Me alegra escuchar eso. Es un bebé, Adam. Solo quiere que lo abracen. Que lo quieran. No tienes que tener todas las respuestas.

–Tal vez no, pero me gustaría.

–¿Y a quién no? Pero a veces no funciona así.

–¿Te estás poniendo filosófica conmigo? –le preguntó él.

–Más bien no. Solo quiero dejar claras unas cuantas cosas –para demostrarle a él y a sí misma que no la impresionaba, cruzó la habitación y se colocó justo enfrente de él–. Haré mi trabajo, Adam. Pero yo no recibo órdenes. Ni de ti ni de nadie.

Se quedaron mirándose a los ojos varios segundos mientras la tensión crecía entre ellos. El instinto de Sienna le decía que hablara, que suavizara las cosas, Que retirara el aguijón del desafío que acababa de lanzar a sus pies, porque sabía que los hombres poderosos no podían resistir ejercer ese poder. Pero se mordió la lengua. Porque Adam y ella tenían que entenderse el uno al otro antes de empezar con aquel pequeño experimento.

Apretó los dientes y ni siquiera habló cuando Adam se acercó tanto que su aroma inundó el aire que respiraba. Siena echó la cabeza hacia atrás y siguió sosteniéndole la mirada, y tras un segundo o dos de tenso silencio, Adam habló.

–Todos los que trabajan para mí reciben mis órdenes de un modo u otro. Tú no eres distinta, Sienna.

–Sí lo soy –le aseguró ella con una sonrisa–. Claro que lo soy. Tú viniste a mí. Necesitabas mi ayuda.

Adam apretó las mandíbulas y sus oscuros ojos parecieron de pronto más oscuros. Casi sintió simpatía por él, porque estaba claro que no quería que le recordaran que tenía un problema que no podía resolver por sí mismo.

–Ahora estoy aquí y haré lo que acordamos –continuó Sienna–. Pero no creas que puedes jugar a ser el rey del universo conmigo.

La oscuridad de los ojos de Adam desapareció al instante y los labios se le curvaron ligeramente. Sienna odiaba lo que aquella simple expresión facial le provocaba en el estómago.

–Rey del universo –murmuró él–. Me gusta.

–Claro que te gusta –dijo Sienna riéndose. Cuando se le pasó la risa permaneció sonriendo porque la tensión entre ellos se había roto y porque le gustaba, qué le iba a hacer. Con actitud mandona y todo.

–Tienes una sonrisa preciosa.

–¿Qué?

–Ya me has oído –murmuró Adam apartándole de la cara un largo y ondulado mechón de cabello–. Y también me gusta tu pelo.

Ella contuvo el aliento.

–Gracias.

Adam le mantuvo la mirada y luego le preguntó:

–¿Sabes qué es lo único que he envidado en mi vida de Devon?

A Sienna le latía con fuerza el corazón dentro del pecho.

–¿Qué?

–Tú.

–Adam… –Sienna aspiró con fuerza el aire y trató de apartar los ojos de los suyos, pero no pudo. Así que vio la chispa de fuego en ellos. Vio cómo los entornaba mientras inclinaba la cabeza hacia la suya. El mundo se detuvo. Todo se paró.

Su mente le gritaba advertencias a las que no hacía caso. Estaba temblando por dentro. Entonces hizo exactamente lo que no tenía que haber hecho. Se inclinó hacia él. Cuando su boca se encontró con la suya, sintió la reacción sacudiéndole hasta los huesos.

Eléctrico. Así era Adam para ella. Abrumador. Una sobrecarga sensorial. Una caricia y la piel le hervía. La sangre le quemaba. Se le secó la boca y se escuchaba el latido del corazón en los oídos. Sintió un tirón en el pecho cuando la boca de Adam se movió sobre la suya con un deseo que Sienna nunca había conocido. Era como si Adam estuviera luchando contra su propio deseo al mismo tiempo que lo alimentaba. Ella sabía lo que era porque estaba atrapada en la misma sensación.

Abrió la boca y sus lenguas se unieron desesperadamente. Adam deslizó una mano por su cuerpo hasta cubrirle el centro. Sienna sintió su calor a través de la tela de los vaqueros. Ella cabalgó la emoción del momento y agitó las caderas.

Adam gimió y Sienna se hizo eco del sonido. Subió las manos para agarrársele a los hombros, disfrutando de su fuerza. Adam le presionó con más fuerza el centro del cuerpo y en lo único que Sienna pudo pensar fue en que ojalá no tuviera puestos los vaqueros y pudiera sentir su contacto en la piel desnuda. Se estremeció y apartó la boca de la suya para intentar recuperar el aliento.

—Me estás matando —murmuró Adam desabrochándole con dedos hábiles el botón de los vaqueros y bajándole la cremallera.

–No quiero matarte –susurró ella–. Solo te deseo.

Adam gruñó, fue un sonido gutural que provocó escalofríos en todo el cuerpo de Sienna. Una parte de su mente no podía creer lo que estaba pasando, y otra parte suspiró satisfecha.

Luego Adam deslizó la mano en la fina tira de su braguitas y la tocó. Estaba caliente, húmeda y preparada, y en cuanto la tocó Sienna sintió una punzada de alivio. Su cuerpo se retorció, tembló y aspiró con fuerza el aire como si se estuviera ahogando.

Le miró a los ojos, susurró su nombre y cabalgó el último de los temblores que la atravesó. Cuando terminó, Adam retiró la mano, la soltó y dio un paso atrás.

Sienna se tambaleó y se subió con torpeza los vaqueros. Su mente era una nebulosa de pensamientos, emociones, y su cuerpo tuvo que hacer un esfuerzo por mantenerse recto. Hacía mucho tiempo que no sentía aquella oleada de placer, y le estaba costando trabajo bajar las revoluciones de su acelerado corazón.

Adam la miraba fijamente, y distinguió cómo el deseo se le borraba de la mirada. Tenía los ojos inexpresivos, como cubiertos por unas persianas oscuras. No podía saber qué pensaba, que sentía, y no le gustó nada que fuera capaz de distanciarse tan deprisa de lo que acababa de suceder. ¿Iba a fingir que allí no había pasado nada?

Bueno, pues no se lo iba a permitir. Estaba temblando, pero no era partidaria de mentirse a sí misma… ni a nadie. Sienna prefería enfrentarse a las cosas de frente.

Con la boca todavía vibrando por la presión de la suya, le preguntó:

–¿Por qué?

–Buena pregunta –Adam dio un paso atrás y sacudió la cabeza–. Cuando tenga la respuesta te la haré saber.

Ella sacudió la cabeza y tragó saliva.

–Adam…

–No empieces a hablar de ello. Sienna, o no pararemos aquí.

–¿Y si no quiero parar? –ya está, lo había soltado. Qué manera de perder el control. Pero la verdad era que ahora que le había puesto las manos encima, quería que la tocara otra vez.

–Eso no cambia nada. Yo tampoco quiero parar –admitió Adam apretando los dientes–. Y esa es una buena razón para hacerlo.

–Lo que dices no tiene ningún sentido –afirmó ella recuperando el aliento.

–Maldita sea, Sienna –Adam se pasó una mano por el pelo–. Intenta por una vez no discutir conmigo.

–Entonces, ¿vamos a ignorar lo que ha pasado?

–Vamos a intentarlo –murmuró él agarrando la mochila–. Y mientras tanto llevaré tus cosas a la habitación.

–De acuerdo…

Sienna esperó a que Adam se dirigiera a la puerta para volver a hablar, y cuando lo hizo él giró la cabeza para mirarla.

–Pero, ¿y si no podemos ignorarlo, Adam?

Su mirada se clavó en la suya como un ascua durante lo que pareció una eternidad, y el silencio que se hizo entre ellos era como un grito.

–Entonces supongo que tendremos que averiguar qué pasa después.

Adam salió y ella se quedó mirando el espacio vacío que él había ocupado como si allí pudiera encontrar respuestas a lo que estaba sintiendo. Pensando. No había contado con que el deseo que sentía por él se transformara tan rápidamente en llamas. Pero ahora que había sucedido, tampoco quería negarlo.

Sienna estaba sola desde la muerte de Devon. Por deseo propio. Se había centrado en su negocio, en reconstruir su vida. No había tiempo para hombres ni aunque hubiera estado interesada, aunque en realidad no lo había estado.

Pero ahora estaba Adam.

Y tenía las emociones tan descontroladas que no era capaz de pararse en una el tiempo suficiente para examinarla. Pero no tampoco estaba allí para jugar a las casitas. Para entregarse a un deseo que siempre había estado allí bajo la superficie. Y más le valía recordarlo.

Cuando se recompuso lo suficiente, siguió a Adam a la suite que sería suya y se dijo que tendría que tener mucho cuidado durante las siguientes dos semanas. Irse a vivir con Adam supondría toda una prueba. Sí, quería un nuevo estudio fotográfico. Sí, le encantaban los bebés y estaba deseando cuidar del hijo de Devon.

Dicho aquello, debía tener en cuenta a Adam. La atraía hacia sí y la apartaba a partes iguales.

Pero le iba a costar dejar de pensar en sus besos y sus caricias.

Capítulo Cinco

—Está todo controlado, madre.

Adam cruzó la oficina con el móvil en la oreja y se detuvo frente al enorme ventanal. Miró hacia el mar mientras su madre vociferaba al teléfono. Normalmente encontraba calma allí. Pero al parecer hoy no.

—¿Cómo? —preguntó Donna Quinn desde Florida—. ¿Cómo lo has controlado? No puedes esperar que crea que tú te estás ocupando del bebé.

¿Tan inverosímil era? Dios sabía que no podría hacerlo mucho peor que sus propios padres. Ya se estaba arrepintiendo de haber llamado a Donna Quinn para revelarle la existencia de su nieto. Pero tenía derecho a saber que su hijo favorito había sido padre justo antes de morir.

—Voy a contratar a una niñera —dijo Adam haciendo un esfuerzo por controlar la furia que parecía cobrar vida nada más escuchar el sonido de la voz de su madre.

Se abrió la puerta que tenía detrás y Adam se dio la vuelta para hacerle a Kevin un gesto y que entrara.

—¿Y hasta que la contrates? —le preguntó su madre con tono más alto y exigente. Se estaba arrepintiendo de haberla puesto en altavoz.

—Tengo a alguien temporalmente.

—¿A quién?

Kevin torció el gesto y Adam supo lo que su amigo quería decir. Su madre no estaría contenta de saber que Sienna se estaba ocupando del bebé. Donna Quinn seguía culpándola del divorcio e incluso de la muerte de Devon. Insistía en que si hubieran seguido casados, Devon no habría tenido aquel maldito accidente. Su madre era irracional pero inamovible.

–No te preocupes por eso –dijo intentando zanjar el tema–. Está controlado.

–Lo haría yo misma si no estuviera tan lejos –aseguró.

Kevin resopló y Adam le miró con el ceño fruncido. Aunque sí, el comentario había sido humorístico. Donna no era precisamente una mujer maternal. No los había abandonado, pero había entregado a Adam y a Devon a una procesión de niñeras en cuanto pudo.

–Bueno, tengo que irme a trabajar, madre –dijo.

–Muy bien. Quiero informes regulares del hijo de Devon.

–Se llama Jack.

Donna resopló.

–¿Como su padre? ¿Por qué ha hecho eso?

–No lo sé –confesó Adam.

–Seguramente para fastidiarme –murmuró ella. Porque en su mundo todo giraba a su alrededor.

Adam no tenía tiempo ni ganas de escuchar a su madre despotricar sobre cuánto había sufrido durante su matrimonio y cómo su padre había destrozado su espíritu infantil.

–Te mantendré informada, madre –colgó antes de que ella pudiera decir una palabra más.

Adam aspiró con fuerza el aire y dejó de apretar el teléfono con tanta fuerza para no destrozarlo. Se pasó la mano por el cuello y trató de aliviar la tensión, pero no funcionó. Nada funcionaba cuando tenía que lidiar con su madre. Nunca habían tenido una relación muy cercana: Donna había dedicado el poco interés maternal que pudiera tener en Devon. Y mejor así, porque sus constantes intrigas y argucias habían vuelto tan loco a Devon que cuando se casó con Sienna se mudaron a Italia en parte para escapar de Donna.

Kevin suspiró y se reclinó en la silla.

—Y dime, ¿cómo ha ido tu primera noche de papá?

Adam se estremeció.

—Soy su tío, no su padre.

—Bueno, técnicamente sí. Pero en la práctica eres un padre recién estrenado. ¿Tienes un puro para celebrarlo?

—No eres tan gracioso como te crees —Adam frunció el ceño, suspiró y admitió—, ha sido una pesadilla. Jack ha llorado dos horas seguidas. Sienna y yo nos turnamos para pasearlo. Creo que hemos hecho unos treinta kilómetros.

Por supuesto, la parte más difícil había sido estar con Sienna y no volver a tocarla. Había tenido una pequeña probadita de ella y aquello había alimentado su hambre hasta el punto de que ahora le carcomía los huesos. El alma.

Le había dicho a Sienna que iban a ignorar lo sucedido. Hasta el momento no había funcionado. Al menos no para él.

Kevin gimió.

—Por favor, no te olvides contarle esta historia a Nick, ¿quieres?

—Encantado —Adam apartó a Sienna de su pensamiento antes de continuar—. En cualquier caso, el niño tiene un buen par de pulmones.

–Ya. ¿Y cómo han ido las cosas con Sienna?

Adam le miró fijamente.

–¿Qué quieres decir con eso?

Kevin se encogió de hombros.

–Quiero decir que es preciosa y que siempre has sentido algo por ella.

Adam se sentó más erguido, dejó el teléfono en la mesa y volvió a agarrarlo.

–¿Sabes qué? Hay gente que vive toda su vida sin un mejor amigo que se cree que lo sabe todo.

–Pobre gente –Kevin sonrió–. Cuenta.

–Ha ido bien. Yo no comparto mis cosas, Kevin, y lo sabes muy bien.

–Pero no pierdo la esperanza. De verdad, Adam, lo tienes todo tan sujeto y tan tirante que un día de estos te vas a partir.

–Gracias por la advertencia. Lo tendré en cuenta.

–O podrías simplemente contarme qué diablos estás pasando –dijo Kevin entornando los ojos.

–¿Qué quieres de mí? –Adam sacudió la cabeza y evitó el contacto visual–. Sienna está allí para cuidar de Jack. Punto.

–Bueno –empezó a decir Kevin arrastrando las palabras–. Eso es lo más triste que he oído en mi vida.

Adam no estaba dispuesto a entrar en aquel barro con Kevin. Diablos, estaba tratando con todas sus fuerzas de no pensar siquiera en Sienna… sin ningún éxito hasta el momento. Pero hablar de ella no ayudaría a la situación. Sobre todo porque Adam sabía perfectamente que Kevin lo animaría a seducir a Sienna. A ir detrás de lo que quería y preocuparse después del resultado.

Bueno, pues no necesitaba que lo animaran, qué diablos.

–No estoy buscando una mujer, Kevin. Ni tampoco un hombre –añadió antes de que su amigo hiciera un comentario gracioso.

–No lo rechaces hasta que no lo pruebes.

Adam resopló.

–Te recuerdo que intenté el matrimonio una vez.

–Eso no cuenta.

–¿De verdad? ¿Y por qué no? –era típico de Kevin reescribir sus propias normas cuando le convenía.

–Tricia no quería una vida familiar.

–Tal vez el problema no fuera ella.

Kevin le miró con los ojos entornados.

–¿Te sientes muy reflexivo? ¿Es por la falta de sueño?

–No –pero si de algo había servido su corto matrimonio fue para demostrarle a Adam que no se le daba bien compartir. Tricia tampoco era buena en ello, así que entre los dos habían creado un matrimonio en el purgatorio. No era el infierno porque apenas estaban juntos el tiempo suficiente para hacerse desgraciados el uno al otro. Fue solo un lento descenso hacia la indiferencia y después al olvido.

Le gustaba la vida que tenía ahora. Vivir solo significaba que nadie contaba con él. Las necesidades de otra persona no dependían de él. Podía irse a casa, tomarse una copa y adelantar algo de trabajo tranquilamente y en paz. Por supuesto, se recordó Adam, todo aquello había cambiado drásticamente. Con Jack le iba a resultar difícil encontrar tranquilidad. Lo haría lo mejor que pudiera por su sobrino, pero eso no cambiaba algo importante. No era un hombre capaz de comprometerse. Le gustaban las mujeres siempre y cuando entraran y salieran de su vida sin causar demasiada agitación.

Entonces le surgió en la mente el recuerdo de aquel beso, de la sensación del cuerpo de Sienna temblando entre sus brazos mientras llegaba al clímax. La mirada de sus ojos, la boca entreabierta, la respiración agitada. El calor húmedo de su cuerpo y aquel deseo feroz que Adam había tenido que controlar para no lanzarla a la cama más cercana.

Aquellos momentos con Sienna le habían demostrado que su presencia en su vida sería algo más que una oleada. Sería un tsunami que arrasaría con el mundo que Adam se había creado para sí mismo. No podía negar que su cuerpo seguía estando duro. El deseo continuaba bombeando en su interior.

Lo único que tenía que hacer era pasar las siguientes dos semanas sin volver a tocarla. Y eso significaba que tenía que evitar también que su mente pensara en ella.

–¿No tenemos trabajo? –preguntó bruscamente, desesperado por pensar en otra cosa.

Kevin se lo quedó mirando un largo instante.

–Por eso he venido en realidad. Han llamado del grupo Davidson para hablar del proyecto de San Diego. Quieren una reunión.

–Genial. Convócala –aquello era lo que necesitaba. Tener la mente tan llena de trabajo que no hubiera espacio para atormentarse con imágenes de Sienna.

La empresa de Adam se iba a encargar de la construcción de un hotel de lujo construido donde antes había un edificio en ruinas.

–Consigue los últimos bocetos de los arquitectos. Reúne a la gente de Davidson mañana por la tarde. Quiero que esto avance.

–Muy bien – Kevin se puso de pie–. Uno de nuestros equipos ya está allí limpiando el sitio. Mike Jonas dice que los nuevos cimientos se podrían colocar a finales de esta semana.

–Bien. Mantenme informado. Si surge algún problema, quiero saberlo –Adam agarró una pila de documentos y abrió el que estaba encima.

–Tú sí, pero ellos no –Kevin tocó su iPad y sacó una de sus listas–. Ah, Tracy me pidió que te dijera que tiene el presupuesto de los paisajistas del proyecto de Long Beach. Dijo que es muy alto, pero que conseguirá que lo rebajen.

–De acuerdo, y llama al agente inmobiliario de Santa Bárbara para hablar de la propiedad que queremos adquirir. Quiero saber por qué está tardando tanto.

–Bien –Kevin se dirigió a la puerta.

–Un momento –dijo Adam, y su amigo se detuvo y se giró para mirarle–. ¿Has dispuesto un equipo para que se ocupe de las reparaciones en casa de Sienna?

Le había dicho a Kevin que lo quería hacer en cuanto entró en el despacho aquella mañana. Pasara lo que pasara entre Sienna y él, no iba a permitir que viviera en un sitio que parecía tan ruinoso. Por supuesto, Kevin había discutido con él insistiendo en que Adam debía hablar con ella antes de hacer ninguna obra. Pero Adam no estaba interesado en discutir. Le mujer tenía demasiado orgullo. Así que no le había dejado opción. A la larga se lo agradecería.

–Sí –dijo Kevin a regañadientes. Sacó el horario en el iPad–. Toby García va a llevarse a algunos chicos para allá.

–¿Vamos bien de tiempo con esto? –Adam firmó una de las letras que Kevin le había llevado.

–Todo va según lo previsto –Kevin lo miró–. Pero sigo pensando…

–Sí, ya sé lo que piensas –Adam agitó una mano para quitarle importancia al comentario–. Ya te dije lo que quiero. Tejado nuevo, pintura, cualquier reparación necesaria y arreglar las grietas de la acera –murmuró Adam–. Siempre está mirando por el objetivo de la cámara, así que un día de estos se va a matar en esa acera.

Kevin se rio.

–Entendido.

–Y la puerta del garaje –Adam dejó el bolígrafo con el que había firmado la carta–. Parece que es el garaje original de la casa, así que debe ser de los años cuarenta. Quiero que instalen una puerta automática para que pueda aparcar esa chatarra de coche dentro sin tener que salir y luchar contra esa puerta para que la obedezca.

Kevin siguió riéndose y tomó unas cuantas notas más.

–Y como no estamos consultando con la dueña de la casa, ¿de qué color quieres la pintura? Solo para recordarte que te vas a meter en un lío por no hablar con ella primero de esto.

Adam resopló.

–Deja de preocuparte por eso. Le va a encantar lo que vamos a hacer, y por eso se le pasará el enfado más deprisa –y si no, Adam sabía que al menos él disfrutaría de la discusión. Aquella mujer tenía la cabeza más dura que una roca, pero terminaría agradeciéndole que le hubiera arreglado la casa. Ahora lo único que le quedaba hacer era cambiarle el coche.

–Muy bien –Kevin asintió– Por favor, déjame estar allí cuando le digas lo que hemos hecho. Me encantaría ver lo deprisa que se le pasa el enfado.

Kevin se dio la vuelta para marcharse, pero Adam lo detuvo.

–Mañana voy a traer a Jack. Voy a necesitar ayuda con él.

–Sí –dijo Kevin riéndose mientras cerraba la puerta del despacho–. La vas a necesitar.

Sienna había hecho docenas de fotos.

El pequeño Jack Quinn era un tema perfecto. Por supuesto, aunque aquel adorable bebé no hubiera estado allí, Sienna habría tenido objetivos de sobra para su cámara. La casa. Los jardines. Las vistas. En el balcón de la segunda planta, rodeada de maceteros de terracota llenos de flores, hizo tantas fotos que se iba a tener que pasar horas clasificándolas.

Y Jack estaba allí a sus pies, riéndose y saltando en un andador que tenía un montón de campanitas y cosas que hacían ruido. Cuando Delores se fue de vacaciones, solo quedaron Sienna y Jack en aquella casa tan grande. Y tras un par de horas a solas con el bebé, Sienna sentía un gran respeto por las madres.

–¿Quién hubiera imaginado que sería algo tan exigente? –preguntó sonriendo y hablando con un tono cantarín que hizo reír al pequeño en respuesta.

Sienna sintió al instante un aleteo alrededor del corazón y se dijo que Adam no era el único peligro en la casa de los Quinn. Se podría enamorar muy fácilmente de este bebé. Y no era una buena idea, porque en cuanto Adam contratara a una niñera Jack ya no formaría parte de su vida.

–Pero te voy a querer de todas formas, ¿a que sí?

El pequeño dio una fuerte palmada contra el andador y agitó las regordetas piernas. Sienna le hizo otra foto y la admiró en la pantalla.

–No sales mal en ninguna, ¿verdad? Igual que tu padre. Y que tu tío.

Sienna se reclinó en los cojines y vio cómo Jack tiraba de sus piececitos para rodar por toda la habitación. La luz del sol se filtraba a través de las nubes grises, creando una especie de brillo místico en la escena. La casa estaba en silencio excepto por los gorgojeos, risas y palmadas del niño. Sienna se preguntó por un instante cómo sería para Jack crecer allí con Adam.

¿Encontraría el bebé el padre que necesitaba? ¿Pondría Adam el cuidado de su sobrino completamente en manos de una niñera? Sienna frunció el ceño al pensarlo y luego se recordó que Adam había estado allí con ella la noche anterior cuando no eran capaces de que Jack se durmiera. Habían hecho turnos para caminar por la casa, acunando y canturreando al bebé, que estaba demasiado confundido en su nuevo ambiente. Adam había sido paciente y amable, y estar tan cerca de él en la tranquilidad de la noche había hecho que Sienna sintiera demasiado.

Por supuesto, había estado todavía más cerca el día anterior por la tarde. Con sus manos por su cuerpo. La boca en la suya. Sienna tembló al recordar aquellos momentos robados en los que se había estremecido entre sus brazos. Una sacudida de calor se apoderó de ella y le provocó llamaradas en todo el torrente sanguíneo. Quería volver a sentirlo. Sentir más. Sienna había intentado ignorar durante años lo que Adam le hacía desear. Necesitar. Ahora era como si su cuerpo y su mente se hubieran desatado y quería disfrutar de ello.

Aquello no estaba bien.

Antes de que los pensamientos la llevaran más lejos le sonó el móvil, y Sienna lo agarró, sintiendo que era un salvavidas.

–Hola, Cheryl.

Su mejor amiga, madre de tres hijos y la voz de la cordura cuando Sienna lo necesitaba.

–Hola. ¿No se suponía que íbamos a comer juntas hoy?

–Oh, Dios –Sienna se llevó una mano a la cara y dejó caer la cabeza en el cuero oscuro del sofá–. Se me había olvidado por completo. Lo siento mucho.

Cheryl se rio.

–No pasa nada. Me alegra saber que no es que yo esté perdiendo la cabeza.

–No, es cosa mía completamente –Sienna vio al bebé avanzando por la habitación dando palmadas a los cinturones que lo ataban al andador–. Ayer pasó algo y…

–Y al parecer sigue pasando hoy –la interrumpió Cheryl–. Intrigante.

Intrigante. Bien, esa podía ser una palabra. Otra podía ser locura. O masoquismo. Y si tuviera tiempo sin duda se le ocurrirían un montón de palabras para describir lo que le estaba pasando en aquel momento. Sienna suspiró.

–No te lo vas a creer, pero estoy en casa de Adam.

Se hizo una larga pausa.

–¿Adam? ¿Adam tu excuñado? ¿Adam Quinn el sexy?

Sienna se hizo una bola en el sofá y gimió.

–Con eso no me ayudas.

–¿Y se puede saber qué haces ahí?

–Es una larga historia –y tenía la sensación de que

llevaba metida en aquella historia mucho más que solo un par de días.

—Estoy tomando una taza de té y los niños juegan fuera. Tengo tiempo, así que si la historia es larga más te vale empezar.

Así que Sienna se lanzó a contárselo, y cuánto más hablaba, más improbable le sonaba todo incluso a sí misma. Adam había aparecido en su vida, lo había puesto todo del revés y ahora allí estaba ella, intentando encontrarle sentido.

Entonces miró a Jack y sonrió al verle golpear la bandeja de juguetes con sus regordetes puños.

—En resumen, que estoy en casa de Adam hasta que encuentre una niñera.

—Vaya —Cheryl aspiró con fuerza el aire—. Suena a culebrón. Estás viviendo en esa mansión que me enseñaste una vez cuando pasamos por delante.

—Sí, y es todavía más impresionante por dentro que por fuera —dijo Sienna mirando a su alrededor.

—Es increíble. Tú, tan joven, y el señor del castillo. Esto no es un culebrón, es una novela gótica. Así que mantente alejada del ático —le advirtió Cheryl—. Ahí es donde el protagonista tiene encerrada a su esposa loca.

Sienna se rio.

—Siento decepcionarte, pero no hay ningún ático. Solo unas vistas increíbles al mar desde todas las habitaciones.

—Tengo que pasarme a verte mientras estés ahí.

—Por supuesto. Me encantaría tener compañía. Cuando no estoy trabajando, aquí estamos solo Jack y yo —Sienna le sonrió al bebé—. Es adorable, pero no da mucha conversación.

—Parece que eso es algo malo —murmuró Cheryl

riéndose–. Pero luego empiezan a hablar. Bueno, ¿cuándo tienes que volver a trabajar?

–Mañana. Tengo dos sesiones en Huntington Central Park –todavía tenía que preparar el equipamiento, pero había tiempo.

–¿Y qué vas a hacer con el niño?

Sienna sonrió.

–Mañana es todo de Adam. Pero podrías venir pasado mañana.

–Cuenta con ello. Dejaré a los niños en casa de su abuela.

–No hace falta –le aseguró Sienna–. Los niños de Cheryl eran geniales y estaba segura de que Jack lo iba a pasar bien.

–Es una gran idea, créeme. Así tendré un par de horas para mí y mi suegra estará contenta conmigo, para variar.

–De acuerdo. Tendré vino y algo de aperitivo.

–No hace falta que me lo vendas –Sheryl se rio–. Pero está bien saberlo.

Cuando colgó, Sienna miró al bebé, que se las había arreglado para cruzar toda la habitación y ahora estaba delante de ella. Sonrió y se le cayó un poco de baba por la boca abierta. Sienna sonrió. Jack ya se había hecho un hueco en su corazón, y sabía que cuando se marchara echaría muchísimo de menos al pequeño.

Pero tenía la sensación de que dejar a Adam iba a ser lo más difícil de su vida.

Capítulo Seis

Unas horas más tarde Adam cruzó por la puerta y vio a Sienna en el salón. No había ni rastro del bebé. Aprovechó el momento para mirarla de arriba abajo antes de que ella le descubriera. Sintió una punzada de deseo muy poderosa. Tuvo que hacer un esfuerzo por controlar el deseo de agarrarla y volver a saborearla.

Estaba acurrucada en una silla, con el largo y rubio cabello cayéndole por un hombro. Estaba sentada encima de las piernas y pasaba las hojas de la revista que tenía en el regazo. Adam se preguntó por qué le volvía tan loco. No intentaba ser seductora, iba vestida de manera sencilla, pero Sienna West lo tenía completamente pillado.

–¿El bebé ha acabado contigo en un día?

Sienna dio un pequeño respingo y luego clavó en él sus ojos azules.

–Resulta que los bebés no son fáciles –sonrió algo burlona–. Pero ya lo descubrirás por ti mismo mañana.

–Sí –dijo sintiendo algo parecido a la cobardía recorriéndole el cuerpo–. Tenemos que hablar de eso.

Ella le miró muy seria.

–No puedes echarte atrás, Adam. Tenemos un trato.

Adam le sostuvo un instante la mirada antes de asentir.

–Tienes razón –se quitó la chaqueta del traje y se desabrochó el cuello de la camisa. Dejó la chaqueta en la silla más cercana y se dejó caer en otra–. Mañana me lo llevaré al trabajo.

Sienna sonrió y él odió cómo reaccionó su cuerpo al instante, pero no podía hacer nada al respecto.

–Me encantará ver cómo cuidas del bebé mientras asistes a alguna reunión importante.

–¿Crees que no soy capaz? –aunque él mismo lo había dudado unos segundos atrás, le quitó importancia a la desconfianza de Sienna–. Podría hacerlo sin ningún problema, pero no hace falta. Kevin se ocupará de él mientras yo estoy reunido –de hecho estaba deseando ver la expresión de su amigo cuando le pasara a Jack.

Sienna inclinó la cabeza hacia un lado y le miró con una sonrisa en los labios.

–Tal vez renuncie a su puesto.

–Ni hablar –Adam sacudió la cabeza–. Se quejará, pero lo hará.

Adam pensó en agarrar una cerveza del bar que estaba al fondo de la sala, pero le dio pereza ir hasta allí. Entonces Sienna habló y no pudo evitar preguntarse si no sería ella ahora quien le leía el pensamiento.

–¿Quieres una cerveza?

Adam sonrió.

–Sí, gracias.

Sienna se levantó de la silla y la vio caminar descalza por la habitación. Llevaba puestos unos vaqueros desteñidos que se le agarraban a las piernas como unos amantes que llevaran mucho tiempo sin verse. La parte inferior de la camisa azul pálido le cubría el trasero, y a Adam le desilusionó que aquella vista en particular quedara tapada. Se inclinó hacia la nevera del bar y sacó dos botellines fríos. Le pasó uno a él y se quedó con el otro. Le quitó el tapón y dio un sorbo.

71

–¿Un día largo? –preguntó Adam bebiendo del suyo.

–Y que lo digas –Sienna observó la etiqueta verde del botellín y luego volvió a mirarlo a él–. Jack es un amor, pero necesita atención constante. Es agotador. No sé cómo lo hacen los padres.

–Algunos no lo hacen –murmuró Adam, sorprendido al ver que ella le seguía el hilo.

–Sí –dijo Sienna–. Devon me habló un poco de vuestra infancia.

Adam se rio entre dientes y alzó el botellín en gesto de brindis.

–Oh, seguro que tenía muchas cosas que contar.

Sienna sacudió la cabeza y dijo:

–En realidad no. Solo que vuestros padres estaban divorciados y que tu madre era un poco… pegajosa.

–Buena palabra –Adam se puso el botellín en la tripa y la observó en silencio mientras decidía si seguir hablando del tema o no.

Entonces se dio cuenta de que no había nadie a quien proteger. Devon ya no estaba, ni tampoco su padre. Y en cuanto a Donna, no había mujer que necesitara menos protección que ella. Además, estaba claro que Sienna ya sabía algo, entonces, ¿por qué molestarse en fingir que la familia Quinn no era disfuncional?

–Devon era el niño mimado –dijo suspirando–. Nuestra madre no fue una madre dedicada cuando éramos pequeños. Estaba demasiado ocupada con las reuniones sociales. Pero cuando Devon cumplió los doce años, empezó a hacerle muchísimo caso –frunció el ceño al recordar–. Tal vez se debiera a que papá empezó a engañarla. Tal vez quería que Devon solo la quisiera a ella. No lo sé. Y probablemente ella tampoco.

–En cualquier caso, si ese era su plan, no funcionó. Le prodigó tantas atenciones a Devon que en lo único que podía pensar era en salir corriendo.

Sienna rascó la etiqueta del botellín con la uña.

–Me dijo que era más fácil tratar con tu padre.

Adam se rio suavemente y volvió a mirarla.

–Sí. Porque a mi padre le importaba un comino lo que hiciéramos.

Apretó los dientes y se replanteó su decisión de hablar del pasado. ¿Qué diablos? Nunca había hablado con nadie de sus padres. ¿Qué sentido tenía revivir el pasado? Era inútil y no servía para nada. Cuando Sienna habló le rompió la línea de pensamiento y se lo agradeció.

–Entonces, ¿tu madre sabe lo de Jack?

–Lo sabe –Adam dio otro sorbo a su cerveza al recordar la llamada de teléfono–. Está tan preocupada que se va a quedar donde está –añadió soltando una risa despectiva.

Sienna también se rio.

–Lo siento. Pero en su defensa hay que decir que es una gran responsabilidad, y que acaba de perder a su hijo.

Adam la miró y se dio cuenta de que su silueta estaba ahora recortada contra el ventanal que tenía a la espalda. Le resultó fácil una vez más leerle las facciones, y vio simpatía hacia su madre escrita en ellas. No supo por qué, pero aquello le molestó.

–No tienes por qué defenderla –dijo–. Ni sentir lástima por ella. No va a venir, y así es mejor para todos.

Sienna se mordió el labio inferior.

–¿Sabe tu madre que soy yo quien está cuidando de Jack ahora?

Hizo la pregunta con tono dulce y en voz baja.

–No –reconoció dándole otro sorbo al botellín–. No vi la necesidad de perturbarla.

Sienna suspiró y dejó la cerveza en la mesa.

–Todavía me culpa.

Adam se inclinó hacia delante y puso los antebrazos en los muslos. La miró a los ojos y dijo:

–Si ese es el caso es problema de ella, Sienna. No es algo en lo que debas siquiera pensar. Tiene que culpar a alguien, Dios sabe que nunca se ha culpado a sí misma de los problemas de Devon… y tú estabas a mano.

Sienna sonrió con tristeza.

–O tal vez tenga un poco de razón.

–No. No la tiene –no iba a permitir que Sienna aceptara las acusaciones implícitas de su madre porque no se las merecía. Donna Quinn siempre había sido muy poco razonable en lo que se refería a Devon. Solo había visto lo que quería ver y había apartado la realidad que no le interesaba.

Sienna ladeó la cabeza y el cabello le cayó como una cascada. Adam había pasado la mayor parte del día con su rostro, su voz y su aroma persiguiéndole. No tendría que haberla besado nunca, porque ahora en lo único que podía pensar era en volver a probarla.

–Pareces muy seguro –dijo ella.

–Lo estoy. Demonios, Sienna. Estuviste con Devon dos años. Eso es todo un récord –se puso de pie porque no podía estar tan cerca de ella sin tocarla. Y si la tocaba, no pararía. Era más seguro mantener las distancias.

Aspiró con fuerza el aire y agradeció que su aroma no le llenara los pulmones.

–No me malinterpretes. Quería a mi hermano, pero eso no me convierte en un ciego respecto a quién era.

Ella frunció ligeramente el ceño.

–No era un mal tipo.

Adam se pasó una mano por los ojos como si así pudiera borrar los recuerdos que de pronto le inundaban la mente.

–Oh, eso ya lo sé. Pero tampoco era un buen tipo.

Sienna no dijo nada al respecto y él se alegró. Sí, había estado casada con él, pero Adam creció con Devon. Lo conocía seguramente mejor que nadie. Y todavía sentía una punzada de vergüenza por el modo en que Devon había vivido.

Adam consideraba que un hombre era tan bueno como lo era su palabra. Y solo en ese aspecto, Devon había sido una decepción. El hombre hacía constantemente promesas que nunca cumplía porque siempre surgía algo más interesante. No era que Devon se saliera del camino porque fuera una mala persona. Era algo que le sucedía de modo natural. Pero su sonrisa y su encanto siempre terminaban de sacarle de todos los agujeros en los que acababa metido.

–No sé qué quieres que diga, Adam.

–Nada. No tienes que contarme cómo era mi hermano ni por qué le dejaste finalmente –Adam suspiró y sacudió la cabeza. Devon había muerto y ya no servía de nada desear que las cosas hubieran sido de otra manera–. Pero tampoco tienes que fingir que fuiste feliz con Devon.

Ella se rio un poco, pero también había un cierto tono de tristeza.

–No tiene sentido hacerlo. Si hubiera sido feliz no me habría divorciado de él.

–Bueno, sí, eso está claro.

Adam observó cómo se levantaba y se acercaba. Se

75

puso un poco tenso y deseó que no se acercara tanto. Aquellos ojos se le clavaban en los suyos y no era capaz de apartar la mirada ni aunque le fuera la vida en ello. Cuando se acercó, Adam dijo:

—A Devon solo le importaba Devon. Era mi hermano y yo le quería, pero le he visto destrozar todas las relaciones que tuvo. Ni antes ni después de ti fue capaz de ser feliz con nadie porque él no era feliz.

—Él pensaba que sí lo era.

—No, en realidad no —Adam le dio otro sorbo a la cerveza que ya no quería—. Solo se mantenía tan ocupado con los yates y la fiestas para no tener tiempo de sentarse y darse cuenta de que su vida estaba completamente vacía.

—Hacía lo que le gustaba hacer, Adam.

—En gran parte —reconoció él—. Pero perdió algo cuando dejó el negocio. Qué diablos, creo que se perdió a sí mismo. Pensó que sería más fácil estar lejos de la familia, de las expectativas. No fue todo culpa suya. Nuestro padre fue muy duro con los dos —musitó—. Pero cargaba las tintas especialmente con Devon. Tal vez porque nuestra madre era lo opuesto.

A lo largo de los años, Adam había visto a Devon cambiar en función de su posición en la familia. Con su padre era el chico malo. El que nunca hacía nada bien. Para su madre era el niño mimado adorado.

Devon se convirtió en el hueso por el que se peleaban dos perros. Y Adam estaba fuera mirando. No podía cambiar a sus padres, no podía llegar a su hermano, así que lo canalizó todo en crear su negocio. Y cuando su padre murió compró la parte de Devon cuando quedó claro que su hermano pequeño solo quería divertirse, y su estilo de vida empezaba a afectar al negocio.

–Le dejé marchar –reconoció Adam. La confesión le dolió aunque ya hubiera pasado mucho tiempo.

–¿Qué quieres decir?

Adam la miró a los ojos, y por primera vez no supo qué estaba pensando. ¿Sería porque no quería saberlo? Tal vez no quería ver que lo culpaba por lo que le había pasado a Devon.

Dejó la cerveza en la barra del bar y se metió las manos en los bolsillos.

–Devon quería irse. Quería librarse de nuestra madre, de la empresa, y yo le dejé marchar. En lugar de darle una patada en el trasero y hacerle ver que debería quedarse y trabajar con el infierno que estuviera atravesando, le compré su parte porque me estaba complicando la vida. Y le vi marchar. Nunca intenté detenerle.

Sienna se acercó al bar y colocó los brazos en la pulida y fresca superficie.

–Fue decisión suya.

–¿Lo fue? –Adam sacudió la cabeza y luego se pasó una mano por el pelo, enfadado consigo mismo. Con Devon . Con toda la situación–. No lo sé. Cuando él se marchó yo apenas estaba en la oficina, pero si le hubiera dicho algo tal vez se habría enderezado. Ahora no hay forma de saberlo.

–No podía quedarse, Adam. No podrías haber logrado que cambiara de opinión–. Sienna abrió la nevera.

–No, gracias, no quiero otra cerveza –se apresuró a decir él–. Ni siquiera quiero terminarme esta.

–Yo tampoco –Sienna sacó una botella de agua y se la dio.

Adam sonrió. Tendría que haber imaginado que ella no haría lo que esperaba.

–Gracias.

Sienna abrió su propia botella y dijo:

–Devon me contó lo mucho que os divertisteis cuando pusisteis en marcha el negocio.

Sorprendido y a la vez complacido, Adam dijo:

–¿En serio?

–Creo que echaba de menos aquellos días –Sienna le dio un sorbo al agua–. Te echaba de menos a ti. Pero tu madre le volvía loco, aunque de tu padre nunca habló mucho.

–No me extraña –le dijo Adam bebiendo para calmar la sequedad de la garganta–. Papá y Devon nunca se llevaron bien.

–No podría haberse quedado, Adam –repitió ella con un tono que prácticamente exigía que la creyera–. Quería irse y no podrías haberle hecho cambiar de opinión.

–No, seguramente no –al menos eso esperaba. Odiaba pensar que cuando su hermano más lo necesitaba había tomado el camino más fácil, dándole lo que Devon quería en lugar de lo que necesitaba.

Frunció el ceño, bebió otro sorbo de agua y miró a la mujer que tenía tan cerca. Nunca había hablado de estas cosas con anterioridad, ni siquiera con Kevin. Adam se había agarrado a los jirones de la culpabilidad respecto a Devon durante años. Como su padre no estaba contra él y su madre prácticamente lo ignoraba, Adam no había tenido los mismos problemas que su hermano pequeño. Sabía que no era culpa suya, pero eso no evitaba que la culpabilidad surgiera de vez en cuando y le golpeara cuando menos lo esperaba. En cualquier caso, Devon ya no estaba, y lo mejor que Adam podía hacer por su hermano pequeño era asegurarse de que el hijo de Devon fuera más feliz de lo que lo fue su padre.

Al pensar en Jack, Adam cambió bruscamente de tema.

–Ni siquiera te he preguntado por el bebé. ¿Dónde está?

Sienna sonrió y él trató de ignorar la quemazón que sintió como respuesta.

–Está durmiendo. Tengo el monitor para bebés encima de la mesa, así que puedo oírlo.

–Sí, Por supuesto –Adam le puso el tapón a la botella de agua–. Bueno, que esté durmiendo es una buena señal. Tal vez no se pase otra vez la noche en vela.

–Creo que va a estar bien –aseguró Sienna–. Seguramente tenía miedo del sitio nuevo y la gente nueva.

–Ojalá tengas razón –murmuró él–. ¿Cómo ha sido el primer día con él? ¿Algún problema?

–No –afirmó Sienna sonriendo otra vez.

–¿Algún consejo para mañana?

–Desde luego. No apartes la vista de él ni un segundo –sacudió la cabeza y se rio–. Todavía no puede andar, pero si lo pones en el suelo se arrastra a toda velocidad. Y cuando está en el andador parece un piloto de Fórmula uno.

–Genial.

–Y es muy especial para la comida –añadió Sienna–. Probamos con diferentes tipos de comida para niños y las escupía todas. Por suerte mi amiga Cheryl sugirió rodajas de plátano, y eso le gustó.

Aquello era tan ajeno a su experiencia que Adam sintió una punzada repentina. Era responsable de un pequeño ser humano. Dependería de él que Jack se sintiera siempre seguro. A salvo. ¿Cómo iba a encontrar una niñera en un plazo de dos semanas en la que pudiera confiarle algo tan importante? ¿Cómo se las arreglaban los padres?

–Ah, y al intentar ponerse de pie se golpeó la frente con la mesa.

–¿Se ha dado un golpe en la cabeza? –Adam sintió un escalofrío de miedo en las venas. Antes de la aparición de aquel bebé en su vida, nunca había tenido miedo de nada.

–No le pasa nada –le tranquilizó ella–. Ni siquiera lloró. Solo se frotó la frente, parecía sorprendido. Como si la mesa le hubiera traicionado o algo así.

–De acuerdo –Adam se relajó un poco y se frotó la nuca–. ¿En quién diablos podré confiar para que lo cuide? –preguntó como si se le acabara de pasar por la cabeza aquella cuestión–. Tengo que encontrar una niñera que sea corredora profesional, médico y chef.

Sienna se rio y sacudió la cabeza.

–Haces que suene imposible. La gente lleva miles de años criando niños.

–Yo no –le recordó Adam antes de darle un sorbo a la botella–. Nunca he querido tener hijos.

–Como Devon.

Adam la miró.

–Sí. No puedes culparnos. A nosotros nos criaron los lobos. ¿Qué diablos sabríamos sobre cómo tratar a un niño?

–Es fácil –aseguró Sienna poniéndole una mano sobre la suya–. Solo haz todo lo que tus padres no hicieron. Tú sabes lo que querías de ellos cuando eras un niño. Dale a Jack lo que necesitabas y no conseguiste.

Sonaba razonable. Y sin embargo, Adam sentía aquel hilo de miedo en su interior. Era una gran responsabilidad y no quería estropearlo. «Pues no lo estropees». Al escuchar aquellas palabras en su interior, recordó que nunca había fracasado cuando se proponía algo. Si Jack era su objetivo, entonces lo haría bien. Adam no aceptaba el fracaso.

Miró la mano de Sienna en la suya, mucho más grande, y se centró en el calor que se transmitía entre ellos. Alzó la mirada hacia ella y vio un destello de entendimiento en aquellos ojos azules justo antes de que Sienna retirara la mano.

—Eres un tipo listo, Adam —le dijo despreocupadamente—. Sabrás cómo hacerlo. Y ahora, ¿qué te parece si cenamos?

Adam aceptó el cambio de tema y la frialdad de su mirada, porque eso facilitaba las cosas. Y en aquel momento le convenía.

—¿Has cocinado?

—No, he hecho un pedido por teléfono. Encontré un restaurante chino cercano. Tienes cuenta en él.

Adam sonrió.

—Cuando Delores no está es mejor que yo no intente cocinar.

—Así que no me vas a llevar el desayuno a la cama, ¿verdad? —Sienna sonrió—. Lo tendré en cuenta.

Adam entornó los ojos y luego le tomó la mano.

—Cuando te tenga en la cama, créeme si te digo que no estarás pensando en comida —murmuró acariciándole los nudillos con el pulgar.

Adam tuvo la satisfacción de ver cómo los ojos le echaban chispas como si fueran fuegos artificiales. Luego volvió a retirar la mano.

—Bueno, ahora mismo tengo hambre.

—Yo también —aseguró él.

–De comida –aclaró Sienna.

–De eso también –murmuró Adam. Hasta aquel momento los dos habían estado ignorando el elefante en la habitación. Ya era hora de hablar de él–. Esta mañana me has evitado.

Sienna apretó los labios.

–Te he esquivado. No es lo mismo.

–Sí es lo mismo.

–Vale, tienes razón. No estaba preparada para hablar contigo de lo sucedido. Así que me escondí con el bebé. Patético, lo sé.

–Yo he hecho lo mismo –admitió él encogiéndose de hombros–. Qué diablos, me he ido de casa sin tomarme un café. Y eso sí que es patético. Y sin embargo, evitarte no me ha servido de nada. Estuve todo el día pensando en ti de todas maneras.

–¿En serio?

¿Cómo podría ser de otra manera?, se preguntó Adam en silencio. No había más que mirarla. Rubia, de ojos azules, pechos grandes y una sonrisa que curvaba su deliciosa boca en líneas tentadoras.

–No quiero pensar en ti, Sienna.

Ella aspiró con fuerza el aire y Adam no pudo evitar fijarse en cómo le subían y le bajaban aquellos senos que tanto deseaba tocar.

–Yo tampoco quiero pensar en ti –admitió ella.

–Bueno, pues entonces parece que tenemos un problema.

–Seguramente –reconoció Sienna–. Pero podemos preocuparnos de ello después de comer, ¿verdad?

Antes, durante, después… pero lo único que Adam dijo fue:

–Sí, podemos hacer eso.

***

–Vamos, Gitano. No nos hagas quedar mal delante de todos esos coches pretenciosos.

A la mañana siguiente, Sienna miró la flota de vehículos de Adam con una mezcla de envidia y exasperación. ¿Para qué necesitaba alguien seis coches? El garaje que había detrás de la casa era gigantesco. Adam había sacado el Land Rover para dejarle sitio a su coche, y Sienna tuvo que admitir que al lado de los brillantes y encerados coches, Gitano parecía un poco deslucido.

–Pero las apariencias no importan –afirmó dándole una palmadita al salpicadero–. Eres tan bueno como ellos. Y ahora, vamos, demuéstrales lo que vales. Sé un buen chico –giró de nuevo la llave y no pasó absolutamente nada. Ni siquiera un amago de arranque. Como si el coche no quisiera ni intentarlo.

Sienna se desplomó en el asiento, derrotada, y dio un respingo cuando Adam se inclinó hacia ella y le preguntó:

–¿Algún problema?

Ella resopló. Seguramente estaría disfrutando. Nada le gustaba más a un hombre que tener razón.

–Gitano no arranca.

–Eso me pareció –Adam se incorporó de nuevo y recolocó a Jack en el hombro en una posición más cómoda.

Las cosas estaban tensas entre ellos desde la noche anterior. Se habían retirado a sus respectivas habitaciones y Sienna había pasado la mayor parte de la noche despierta, preguntándose si Adam se arrepentía tanto

83

como ella de la decisión de no tener relaciones sexuales.

Pero había muchas buenas razones.

La primera era Devon, naturalmente. ¿Y se conocían lo suficiente como para dar aquel paso? Sienna no era una mujer de una noche. Nunca lo había sido. Pero si se acostaba con Adam tenía que asumir que sería algo pasajero. No era ningún secreto que el hombre odiaba la idea de tener cualquier compromiso. Así que había muchas cosas que tener en cuenta, pero eso no suponía ningún consuelo cuando lo único que Sienna quería era meterse en su cama y disfrutar.

Adam la miró y le preguntó:

–¿Esta es la clase de «aventura» que te gusta o prefieres llevarte uno de mis coches para llegar a tu cita?

Oh, ojalá pudiera rechazar la oferta pero si no se marchaba en los próximos minutos llegaría tarde. Se tragó el orgullo y dijo con una buena dosis de irritación:

–Gracias. Te lo agradezco.

Adama señaló con el brazo libre hacia los coches que esperaban en el garaje blanco e inmaculado.

–Elige. Las llaves están en un armarito en la pared del fondo.

Le dijo el rey a la plebeya. Sienna puso los ojos en blanco, salió, agarró la bolsa de la cámara y murmuró:

–Gracias.

–Disculpa, ¿qué?

Ella le miró y luego sonrió al ver el brillo divertido en sus ojos.

–Muy bien. Gracias. Tenías razón, oh rey del universo. Mi coche necesita una reparación.

Adam resopló.

–Lo que necesita tu coche es un funeral –Jack se rio y le dio una palmada a Adam en la cara.

Él le sostuvo la mano en la suya. ¿Por qué estaba tan sexy sosteniendo al bebé?

–Él se sentiría insultado, pero… –Sienna miró a Gitano y tuvo que admitir que tenía razón. Su coche había visto días mejores. Gitano era muy viejo y había llevado una vida dura. Había llegado el momento de encontrar otro coche de segunda mano.

–Me llevaré tu Explorer si te parece bien.

–Estupendo. Tengo el asiento de Jack en el Rover –Adam miró al bebé como si se tratara de un extraterrestre.

Adam se sentía completamente fuera de lugar, pero no estaba intentando evadir la nueva responsabilidad que le había caído. Sienna le admiraba por ello. Diablos, había muchas cosas que admiraba de él. No tendría que haberle resultado fácil incorporar a un bebé a su vida, pero Adam ya estaba haciendo concesiones. Mientras ella le miraba, Jack le regaló a Adam una sonrisa sin dientes durante un instante y Adam le devolvió la sonrisa. Luego se miró la chaqueta del traje.

–Babas. Perfecto.

Sienna se rio.

–Vale, tengo que irme ya. ¿Quieres que me pase por la oficina para recogerle cuando haya terminado?

A Adam se le iluminó la cara.

–Si haces eso te compro un coche.

Sienna se volvió a reír y se dirigió hacia el Explorer.

–No es necesario. Pero una cena estaría bien.

Capítulo Siete

Jack se convirtió en la mascota oficial.

Adam dirigió la reunión, dejó claras unas cuantas cosas con el grupo Davidson, remató algunos asuntos con Kevin, que también estaba en la reunión mientras Tracy la de contabilidad cuidaba de Jack, y luego Adam tuvo que ir a la búsqueda de su sobrino. Al parecer el pequeño Jack Quinn era ahora la estrella de la empresa.

Primero fue a ver a Tracy, que se suponía que debía cuidar de Jack durante la reunión. Pero cuando de sus principales clientes apareció por allí, le pasó a Jack a Kara. Luego reclamaron la presencia de Kara para uno de los proyectos y Tom, de investigación y desarrollo, se encargó de él. Al igual que Kara, Tom tenía hijos propios, así que no le resultó complicado. Pero entonces se estropeó un ordenador y Tom le pasó a Jack a Nancy, la de recepción. Cuando Adam encontró finalmente al bebé viajero, Jack estaba tomando rodajas de plátano en la sala de estar de los empleados con Sienna.

–No me sorprende –murmuró Adam–. Este niño ha estado por todas partes…

Adam vio desde el umbral de la puerta al niño aplastar el plátano con los puños y luego reírse mirando a Sienna. Ella sonrió al pequeño y todo el interior de Adam se derritió. La rubia melena le caía suelta por los hombros. Los ojos azules le brillaban. Llevaba puesta una camiseta amarillo limón ajustada al cuerpo con un cuello redondo lo suficientemente amplio como para permitirle distinguir la parte superior de los senos. Llevaba unos vaqueros desteñidos y zapatillas deportivas color púrpura.

Adam sintió una oleada casi incontrolable de deseo que le dificultó la respiración. La noche anterior había sido la más larga de su vida. Sabía que habían hecho lo correcto separándose justo después de cenar en lugar de dejarse llevar por lo que ambos querían. Pero la lógica no tenía mucho que ver con lo que estaba sintiendo en aquel momento.

—Me estás mirando fijamente —dijo Sienna girando despacio la cabeza para mirarlo.

—Me gusta lo que veo .

A Sienna le brillaron los ojos y Adam sintió tanto calor que se preguntó si no se trataría de una combustión espontánea.

Estaba sentada sosteniendo al niño, que se reía, y en lo único que él podía pensar era en quitarle la ropa y tumbarla sobre la mesa. Maldición, no tendría que haberla tocado nunca. Aquellos momentos robados, su respiración jadeante y los suaves suspiros mientras el cuerpo le temblaba al recibir sus caricias habían reavivado su instinto de posesión.

Jack chilló contento cuando vio a su tío y luego le lanzó una rodaja de plátano. Adam agradeció que el niño hubiera roto la tensión de la sala. Al mirar la carita redonda de Jack con sus grandes ojos brillantes, sintió una oleada de calidez que no esperaba. Nunca había querido tener hijos, y sin embargo ahora era un padre suplente. Y si era sincero, tenía que admitir que no tenía todas consigo respecto a estar a la altura de la tarea que darle al bebé el tipo de amor que necesitaba. Y sin embargo, el amor brillaba ahora dentro de él y podía reconocer que a pesar del poco tiempo transcurrido, Jack le había robado completamente el corazón.

Sí, el pequeño daba mucho trabajo. No le gustaba dormir. Necesitaba pañales como para un ejército. Pero cuando se reía, cuando ponía la cabeza en el hombro de Jack o le daba una palmada en la mejilla, todo estaba bien.

–¿Entonces? –preguntó Sienna–. ¿Has conquistado hoy más planeta?

Las comisuras de los labios de Adam se levantaron en una sonrisa. Le gustaba su actitud. Su sonrisa. Sus ojos. Su aroma. Su sabor. Diablos.

–He hecho lo que he podido. ¿Y tú? –fue a sentarse a su lado–. ¿Has hecho todas las fotos que querías?

–Ha sido genial –afirmó Sienna con una sonrisa que le iluminó los ojos–. El parque era perfecto. Y cuando hice las fotos en la orilla del lago pillé una bandada de patos al vuelo con los árboles inclinados por el viento y el cielo azul y las nubes blancas de fondo.

Sienna suspiró satisfecha y Adam apretó los dientes y apartó la mirada de ella haciendo un esfuerzo. Tenía que centrarse en otra cosa.

–¿Te ha ido bien el Explorer?

–No puedo creer que me dejaras un coche completamente nuevo.

–Tiene seis meses –alegó él.

–Thor sigue oliendo a coche nuevo –aseguró Sienna sacudiendo la cabeza.

Se incorporó y Adam la miró a los ojos.

–¿Thor?

–Bueno, es robusto, bonito y estaba ahí para mí cuando lo necesitaba –ella sonrió–. Además, le pega llamarse Thor.

–De acuerdo –Adam sacudió la cabeza– Puedes usarlo cuando quieras.

–Gracias, lo haré hasta que arregle mi coche.

Eso ya se veía. Su coche era una pesadilla. Y lo único que había tenido que hacer fue desconectar la batería de Gitano para asegurarse de que Sienna condujera algo seguro y confiable. Encontraría la manera de que aquel cambio fuera permanente.

El bebé empezó a saltar en la pierna de Sienna como si estuviera montando a caballo, devolviendo a Adam a la situación en la que estaba.

–Kevin se ha puesto en contacto con una niñera de una agencia.

–Ah –Sienna frunció un poco el ceño–. Bueno, eso está bien, ¿no?

–Sí –Adam asintió con la cabeza–. Qué diablos, yo ni siquiera sabía que hubiera agencias exclusivamente de niñeras. En cualquier caso, recibieron nuestros requisitos y van a enviar gente para las entrevistas. La primera es mañana.

–¿Mañana? –repitió Sienna–. ¿Las vas a entrevistar aquí?

El pequeño Jack le lanzó los brazos y Adam lo agarró.

–De hecho, creo que sería mejor que tú hablaras con ellas primero. Que conozcan a Jack en casa. Ver si funciona. Si a ti te parece que sí, entonces yo haré la entrevista final –Adam la miró a los ojos y se preguntó por qué de pronto no era capaz de leerle el pensamiento–. ¿Te parece bien?

–Claro –Sienna tragó saliva–, tiene sentido. Si a Jack no le gusta la niñera no queremos que se quede con él, ¿verdad?

–Sí. Eso es lo que me parecía. Entonces, ¿estarás ahí mañana?

–Sí. Mi siguiente encargo no es hasta dentro de un par de días.

–De acuerdo. Genial entonces –sonaban demasiado envarados. Correctos. Una situación extraña. Sienna se iba a quedar con él hasta que encontraran una niñera, y ahora que tenían una entrevista con una de ellas, ninguno de los dos estaba encantado con la idea. Extraño. Jack se retorció en el regazo de Adam y le echó los brazos a Sienna. Ella se levantó.

Adam se puso también de pie y se dio cuenta de lo mucho que le gustaba que fuera alta. Besarla era fácil, solo tenía que inclinar la cabeza y podría saborearla de nuevo. La miró a los ojos y vio el mismo calor que sentía él. Adam sacudió la cabeza.

–Esto es una locura –dijo.

–Lo sé –murmuró ella.

–No íbamos a hacer nada al respecto.

Pero Sienna respiraba cada vez con más agitación, y cuando se humedeció los secos labios Adam tuvo que hacer un esfuerzo por no tomarle la boca con la suya.

–Estábamos de acuerdo en que sería un error –insistió él forzando las palabras.

Sienna se recolocó al bebé en la cadera, volvió a humedecerse los labios y susurró:

–Ya hemos cometido un error. Cuando tú…

Tenía grabado en el cerebro el recuerdo de las caricias que le brindó en su húmedo centro. La sensación de su cuerpo cuando todo su cuerpo se estremeció. El sonido de sus suspiros y gemidos. Aunque hubiera sido una mala idea, se moría de ganas de repetir.

–Sí –reconoció–. Y quiero volver a repetirlo todo.

–Oh, yo también –Sienna dejó escapar un largo suspiro–. Pero dijiste que íbamos a ignorarlo.

–Lo que dije fue que íbamos a intentar ignorarlo.

Sienna dejó escapar el aire que estaba conteniendo.

–¿Y para ti está funcionando?

–La verdad es que no –reconoció Adam.

–Para mí tampoco –confesó Sienna.

Adam extendió la mano y le deslizó un dedo por la parte superior del seno, luego siguió por el escote y vio cómo se le nublaba la mirada.

–Adam… –Sienna se estremeció y el cuerpo de Adam se sacudió en respuesta.

Dejó de tocarla y se pasó la mano por el pelo.

–Seguramente nos arrepintamos de esto.

–Tal vez –dijo Sienna con la mirada clavada en la suya–. Pero creo que nos arrepentiremos más si no cometemos otro error.

Ahora tenía los ojos clavados en los suyos y Adam vio el deseo brillando en ellos. Le deseaba. Sienna no estaba coqueteando. No iba tras su dinero, su prestigio ni un viaje a París en primera clase. No se parecía a ninguna mujer que hubiera conocido jamás. Y en aquel momento lo agradecía.

No estaba jugando, y él tampoco.

Adam agarró la bolsa de pañales que estaba encima de la mesa.

–Vámonos de aquí.

Sienna dejó escapar un suspiro, se apartó el pelo de la cara y asintió mientras se subía al niño un poco más en la cadera.

–Me llevaré a Jack en Thor. Nos vemos en tu casa.

–Olvídate de eso –no iba a arriesgarse a que Sienna se distrajera de camino a casa con otra escena de playa.

La necesitaba, y la necesitaba ahora–. Le diré a Kevin que lleve mi coche a casa más tarde. Los dos nos iremos en Thor. ¿Dónde has aparcado?

–Justo detrás del edificio –la guio a través de los despachos, rechazando con un gesto de la mano a todo el que intentaba interponerse en su camino. Vio a Kevin por el rabillo del ojo y se detuvo–. Kevin, me voy a casa con Sienna. ¿Te importa llevarme luego el coche?

–Claro que no –el hombre esbozó una sonrisa rápida. Estaba claro que su mejor amigo sabía que Sienna y Adam iban a hacer exactamente lo que Adam había insistido que no harían–. Buenas noches. Me alegro de verte, Sienna.

–Yo también, Kevin. Saluda a Nick de mi parte –dijo ella mientras se cerraban las puertas del ascensor. Alzó la vista mirar a Adam–. Kevin sabe por qué nos vamos juntos.

Adam la miró.

–¿Y eso te incomoda?

Sienna se lo pensó durante un instante.

–Tal vez debería, pero no me importa.

–Bien –Adam no quería perder ni un momento en hablar o pensar en nada de lo que estaba surgiendo entre Sienna y él. La tensión del ascensor era tan palpable que resultaba difícil respirar con normalidad. Cuando se abrieron las puertas, Adam guio a Sienna y a Jack lo más rápidamente que pudo.

En cuestión de minutos Jack estaba bien atado en la silla y conducían por la autopista. El viaje fue interminable, pero por fin llegaron a casa. Y entonces se encontraron con una camioneta blanca con el logotipo de *Hoy es mi noche* en un lateral aparcada frente a la entrada.

–Nick está aquí –gimió Adam–. Esto tiene que ser una broma.

Miró a Sienna esperando ver en su rostro la misma frustración que él sentía. Pero ella apretó los labios y luego se rio. Una explosión de sonido que siguió y siguió como si no pudiera parar. Adam no pudo evitar sonreír. Sacudió la cabeza y dijo:

–Tal vez Alguien intenta decirnos algo.

–Oh, no creo que a Alguien le interesen los pequeños detalles de nuestras vidas.

–Bueno, entonces esto es una encerrona de Kevin o una extraña coincidencia.

Sienna volvió a reírse y luego le puso una mano en el antebrazo. Adam sintió el disparo de calor hasta los huesos.

–¿Por qué iba a querer Kevin interrumpirnos?

Adam pensó en el sentido del humor de su amigo y murmuró:

–Quizá crea que es gracioso.

–Bueno, normalmente lo es –reconoció Sienna–. Aunque esto no tiene tanta gracia. En cualquier caso, me alegrará ver a Nick.

Jack se rio desde el asiento de atrás como si hubiera escuchado un chiste, y Adam tuvo que reconocer que había perdido esta ronda. Pero juró que se libraría de Nick lo más rápidamente posible.

–¿Cómo ha entrado en la casa? –preguntó Sienna sacando al bebé del coche.

–Kevin y él tienen una llave de emergencia –gruñó Adam–. Algo que estoy reconsiderando seriamente.

Sienna volvió a reírse mientras se dirigía a la casa con el niño y Adam la siguió, conformándose con seguir el balanceo de sus caderas y diciéndose que finalmente tendría la oportunidad de ponerle las manos encima.

Si el deseo no le mataba antes.

En cuanto abrieron la puerta fueron recibidos por una maravillosa mezcla de aromas. Incluso el propio Adam susurró:

–De acuerdo, tal vez no sea tan mala idea que Nick esté aquí.

Sienna le sonrió y avanzó por el amplio y alicatado pasillo hasta la cocina, donde encontraron a Nick removiendo dentro de una brillantes olla de acero inoxidable puesta al fuego. Cuando entraron, el hombre se dio la vuelta, los miró y gritó:

–¡Sienna! ¡Qué alegría verte!

Cuando Nick Marino te daba un abrazo era como si te envolviera en calor. Era alto y de hombros anchos, tenía el cuerpo de un luchador. Una vez le contó que entrenar en el gimnasio era la única manera de combatir todas aquellas calorías que consumía al tener que probar todo lo que preparaba antes de servirlo. Nick tenía el pelo negro como la noche recogido en una corta cola de caballo en la nuca. Sus ojos eran de un chocolate profundo y tenía la piel dorada, la prueba de su amor por el sol.

Cuando Nick la soltó, ella sonrió.

–Me alegro mucho de verte. Felicidades por la boda.

–Gracias, cielo. La vida de casado es maravillosa –dio un paso atrás y la miró de arriba abajo–. Estás espectacular.

Antes de que Sienna pudiera decir nada, Adam preguntó:

–¿Qué estás haciendo aquí, Nick? –y dejó la bolsa de pañales sobre la encimera.

–Bueno, Kevin me contó que Sienna se iba a quedar aquí un par de semanas y que Delores no estaría para cocinar, así que tuve lástima. He llenado la nevera con cenas fantásticas para al menos diez días. El resto del tiempo puedes llevar a Sienna a cenar fuera. Pero mientras dure, lo único que tenéis que hacer es calentar la comida, tomarla y luego suspirar de felicidad –Nick guiñó un ojo–. Bendiciendo mi nombre, por supuesto, por haberlos salvado de la sopa de lata y los sándwiches de queso.

–Eres el mejor –dijo Sienna balanceando a Jack cuando empezó a retorcerse en su cadera.

Nick miró al bebé y se le suavizó la mirada.

–El hijo de Devon –alzó la vista hacia Adam–. Dios, es igualito a él, ¿verdad?

–Sí.

A Sienna no le gustó la mirada de tristeza que vio en los ojos de Adam, así que habló rápidamente y con excesiva alegría.

–¿Quieres sostenerlo en brazos, Nick?

El hombre sonrió.

–Ni lo dudes. Estoy intentado convencer a Kevin para adoptar, ¿sabéis?

–Algo he oído –intervino Adam.

Nick se estremeció.

–Ya, y también sé que no has oído nada maravilloso. Lo que no entiendo es por qué. A Kevin se le dan genial los niños, cuando su hermana trae a sus hijos lo pasamos genial con ellos. No sé por qué tienes tantas dudas –levantó al bebé y sonrió al ver que Jack le sonreía.

–Es un gran paso –dijo Sienna encogiéndose de hombros–. Tal vez se necesite tiempo para acostumbrarse a la idea.

–Pues espero que se dé prisa –Nick dio un giro rápido y el bebé se rio feliz–. He llamado a Kevin hace unos minutos para decirle que estaba aquí. Me ha dicho que te diga que viene de camino con tu coche –dijo mirando a Adam–. Así podemos irnos a casa juntos.

–¿Kevin viene de camino? –preguntó Adam mirando a Sienna de reojo.

–Sí. Hay una lasaña en el horno, así que podemos cenar los cuatro y compartir un rato juntos.

–¿La lasaña de Nick Marino? –Sienna suspiró–. No me extraña que huela tan bien aquí. ¿En qué puedo ayudar?

Nick le guiñó un ojo.

–¿Quieres preparar una ensalada mientras yo juego con el bebé?

–Claro.

–Y Adam puede servirnos un poco de vino –Nick se llevó al bebé a la salita de al lado y dio unas cuantas vueltas más para escuchar reírse al pequeño de nuevo.

Adam la siguió hasta la nevera y se apoyó en la puerta cuando Sienna la abrió.

–Tanto plan para nada –susurró acariciándole el dorso de la mano con las yemas de los dedos.

Qué curioso. Habían pasado de estar locos de deseo y de pasión a cenar con unos amigos, y sin embargo Adam todavía podía hacer que suspirara con un simple contacto. Sienna le miró a los ojos y dijo suavemente:

–No van a quedarse aquí toda la noche.

–Desde luego que no. Aunque tenga que echar a Kevin por la puerta literalmente. Todavía tenemos «errores» que cometer.

–Oh, sí –Sienna metió la mano en la nevera y sacó una botella de vino–. Lo estoy deseando.

Adam asintió, se inclinó hacia delante, agarró la botella y le rozó los labios con los suyos. Fue algo rápido, pero su sabor permaneció en ella cuando se apartó.

–Tengo la intención de cometer muchos errores esta noche.

Todo el interior de Sienna se estremeció antes la promesa implícita en su tono y en su mirada.

–No vas a hacer que la espera resulte fácil.

–¿A quién le gusta lo fácil?

Nada de todo aquello era mínimamente fácil, así que Sienna esbozó una sonrisa lenta.

–Está claro que a ninguno de los dos –aspiró con fuerza el aire–. Nick tenía razón. Me vendría bien una copa de vino.

–O dos –dijo Adam besándola otra vez.

–¿Hola? ¿El servidor del vino, por favor? –gritó Nick desde la otra habitación.

Adam puso los ojos en blanco y murmuró:

–Aquí no hay un momento de paz –luego dijo más alto para que Nick le oyera–. Enseguida va, su majestad.

–Oye, eso me gusta –gritó Nick en respuesta.

–Por supuesto que te gusta –Adam sacudió la cabeza y fue en busca de las copas.

Sienna volvió a reírse y buscó lechuga y más verduras en la nevera. La pasión podría brillar a través de la velada con unos amigos, se dijo, y tal vez incluso aumentar las sensaciones, hacerlas más desesperadas, más ardientes. Solo pensar en lo que le esperaría más tarde hacía que la sangre le bullera como las burbujas del champán.

***

Tres horas más tarde, Sienna se dio cuenta de que hacía mucho tiempo que no se divertía tanto. Sentada alrededor de la mesa de la enorme y preciosa cocina, Sienna observó a Adam con sus amigos y se dio cuenta de lo distinto que era de su hermano. Devon siempre quería ser la estrella del espectáculo. El protagonista. Como si pensara que nadie querría estar con él si no estaba constantemente en modo encendido.

Adam no necesitaba subirse al escenario. El sutil poder de su presencia, su personalidad, eran suficiente.

Como ella había sospechado, en lugar de aplacar el deseo que llevaba dos días consumiéndola, aquella cena con amigos solo lo hizo más fuerte. Ver a Adam relajado y riéndose le había permitido a Sienna verle con más claridad que nunca antes. Los escudos que normalmente levantaba para protegerse habían caído y sentía como si estuviera llegando a conocer al auténtico Adam. Así que cuando Kevin y Nick se marcharon finalmente estaba más que preparada para cometer esos errores que tenían planeados.

—Te dije que Kevin lo había hecho adrede —aseguró Adam—. ¿Viste cómo sonrió para sus adentros cuando llegó?

—Sí. Y también vi cómo le pasabas a Jack cada vez que tenías ocasión.

Adam se encogió de hombros y esbozó una media sonrisa.

—La venganza es así. Además, no es tan antiniños como quiere que piense Nick. Le he visto con el bebé esta noche.

Sienna le miró un instante mientras la camioneta blanca se ponía en marcha.

—Yo también. Se lo estaba pasando bien.

–Y te aseguro que Nick lo ha visto también –murmuró Adam.

La camioneta enfiló por la entrada y los dos saludaron con la mano hasta que las luces traseras desaparecieron en la creciente oscuridad.

Sienna había olvidado lo mucho que le gustaba estar con Kevin. Pero tras el divorcio pensó que sería mejor alejarse de todo lo relacionado con los Quinn. Algo que desafortunadamente incluía a Kevin y a Nick. En el momento pensó que mantener las distancias era lo correcto. Sonrió y le dio un codazo suave en el costado.

–Son estupendos. Tenemos suerte de que tenerlos.

–Normalmente siento eso. Pero esta noche –Adam se dio la vuelta y la envolvió entre sus brazos–, me hubiera gustado que estuvieran al otro lado del planeta.

La estrechó con fuerza entre sus brazos y Sienna sintió el fuerte latido de su corazón. El suyo también se puso al galope y aspiró con fuerza al aire mientras alzaba la mirada hacia la suya.

–Ahora ya no están. Y el bebé duerme –murmuró levantando los brazos para rodearle el cuello con ellos.

–Las noticias no hacen más que mejorar –Adam bajó la cabeza, la besó en la boca y la dejó sin aliento en la oleada de calor que la atravesó.

Sienna suspiró cuando las manos de Adam se deslizaron en el bajo de su falda y le subieron por la espalda. Sus dedos trazaron dibujos salvajes en su piel y la lengua de Adam la acarició con un frenesí de deseo que clamó en su mente como la sirena de los bomberos.

–Dentro –gruñó él cuando apartó la boca de la suya–. Dentro ahora o te juro que voy a hacer esto en el porche.

Sienna se estremeció y se preguntó si no sería un

poco exhibicionista, porque aquella amenaza no le sonó tan mal. Le miró a los ojos y vio en ellos su deseo, la necesidad escrita en sus facciones.

—Sí —dijo Sienna girándose hacia la puerta—. Dentro.

Adam estaba justo detrás de ella, y cuando se dirigió hacia las escaleras él le tomó la mano y la llevó hacia el salón.

—Los dormitorios están demasiado lejos —murmuró sacándole la camisa por la cabeza.

El aire fresco le besó la piel y se le pusieron los pezones duros y erectos cuando Adam le desabrochó el sujetador y le bajó los tirantes por los brazos hasta que cayó al suelo.

—Eres preciosa —susurró Adam—. Absolutamente preciosa —le cubrió los senos con las manos y le acarició con los pulgares los rígidos pezones hasta que se tambaleó.

—Me estás volviendo loca —murmuró Sienna. Y luego contuvo el aliento cuando Adam inclinó la cabeza para tomarle primero un pezón y luego otro en la boca. Labios, lengua y dientes atacaron su sensible piel hasta que Sienna gimió desde el fondo de la garganta y medio colapsó entre sus brazos. Sienna sabía que en cualquier segundo le fallarían las rodillas y caería al suelo.

No hubo opción. Adam se incorporó, se quitó la camiseta y luego la colocó sobre uno de los sofás. Sienna abrió la boca sorprendida y luego sonrió cuando Adam se quitó el resto de la ropa. Se tomó un momento para disfrutar de aquella visión, de su pecho ancho, las largas piernas, caderas estrechas y más. Abrió los ojos de par en par, admirada, y el estómago le dio varias vueltas por la emoción. Alzó la vista a la suya y contuvo el aliento.

–Vaya, hola…

Los ojos de Adam brillaron y la suave sonrisa que le curvaba la boca desapareció al instante. Ansiosa ahora por sentirlo, Sienna se desabrochó el botón de los vaqueros y se bajó la cremallera. Luego los bajó junto con las braguitas y se las quitó del todo. El sofá era suave y lo bastante amplio para que los dos se tumbaran de lado.

Cubrió su cuerpo con el suyo y Sienna suspiró al sentir la sencilla y deliciosa sensación de su piel desnuda y bronceada rozándole la suya. Tenía el pecho amplio y esculpido. Deslizó las manos por aquella expansión y disfrutó de la sensación.

Adam sonrió cuando bajó la cabeza para besarla, saborearla, seducirla con los labios, la lengua y los dientes. Sienna trató de atraparle la boca con la suya, pero él siguió seduciéndola incluso cuando subía y bajaba las manos por su cuerpo explorando cada línea y cada curva. Le deslizó una mano por el abdomen hasta la juntura de los muslos y Sienna se preparó para aquel primer y mágico contacto.

Quería sentirlo de nuevo desde aquella primera noche. Ahora, con la primera caricia, Sienna se estremeció en respuesta. Deslizó las manos por la espalda de Adam, por los hombros y los poderosos brazos, disfrutó de tocarle como la tocaba él. Le pasó un pie por la espinilla y suspiró cuando Adam hundió la cabeza en la curva de su cuello, saboreándola y mordisqueándola. Inclinó la cabeza hacia un lado para facilitarle el acceso.

–Qué bien hueles –murmuró Adam en su cuello.

–Es jazmín –susurró ella.

–Y también sabe bien.

–Espero que tengas hambre –se rio mientras Adam

le mordisqueaba el cuello. Luego suspiró cuando sus manos continuaron acariciándole cada centímetro del cuerpo. Levantó la cabeza y la miró durante lo que le pareció una eternidad y luego la besó como si fuera un hombre moribundo pidiendo su último deseo.

Sienna se agarró a él con las palmas en la espalda. Abrió la boca para recibirlo y suspiró ante la sensual invasión de su lengua. La suya se enredó a la de Adam sin aliento, y se persiguieron la una a la otra subiendo los escalones de la tensión sexual. Cada segundo que pasaba sentía cómo se le aceleraba más el corazón.

El calor se había apoderado de ella en el centro de su cuerpo. No le sorprendería ver llamas de verdad recorriéndole la piel. Un hormigueo de excitación fue a parar al centro del fuego, que se descontroló al instante.

Sienna se arqueó contra él y recibió sus besos con el ansia que latía dentro de ella. Había esperado mucho para esto. Tal vez desde que vio a Adam por primera vez. El hermano de su marido. Completamente fuera de su alcance. Hasta ahora.

Cuando Adam llevó la mano a la juntura de sus muslos y volvió a cubrir su calor, Sienna gimió. Adam deslizó primero un dedo y luego dos en su profundidad y la acarició hasta que las caderas de Sienna se movieron por propia voluntad. Renunció al control y se arqueó contra él, a punto de gritar a medida que la tensión iba alcanzando alturas impresionantes. Finalmente apartó la boca de la suya y gritó.

—Adam, por favor. Entra en mí. Ya.

—Ahora —accedió él—. Tengo que tenerte —Adam se movió y luego se detuvo—. Maldita sea.

—¿Qué? ¿Qué pasa? ¿Por qué te has parado? —Sienna parpadeó salvajemente.

–Protección –murmuró el–. Enseguida vengo. Tengo los preservativos arriba.

A partir de aquel momento todo transcurrió a una velocidad de vértigo. La mente de Sienna, su alma, su cuerpo, todo estaba inundado de sensaciones. Pensar, hablar, todo resultaba innecesario. Cuando Adam regresó unos instantes después, Sienna contuvo el aliento, alzó las caderas y gimió cuando entró en ella. No soltó el aire hasta que su cuerpo se acomodó al suyo. Era una sensación agradable.

Entonces Adam se quedó completamente quieto y la miró a los ojos. Sienna vio la pasión ardiendo en ellos y supo que él veía lo mismo en los suyos. Luego empezó a moverse lentamente en su interior, agitando las caderas a un ritmo que rápidamente produjo en Sienna un frenesí. Persiguió aquel temblor, corrió tras las llamas. Sentía la respiración en los pulmones. Se movió con él en tándem perfecto, como si hubieran nacido para unirse en aquella danza ancestral.

Adam la embistió más alto, más rápido, y Sienna le siguió el ritmo. Le miró a los ojos, vio el calor, la pasión y se perdió en ellos. Cuando su cuerpo llegó a lo más alto cayó con ganas en el abismo que se abría ante ella. Rindiéndose a la inevitable caída, confió en que Adam la sostendría. Y cuando él gritó su nombre y cayó con ella, Sienna cerró los ojos y saboreó el momento en que se estrellaron.

Capítulo Ocho

Cuando recuperó el latido normal del corazón, el cerebro de Sienna volvió a funcionar. La sensación del cuerpo de Adam pegado al suyo y el roce de su respiración contra el cuello se combinaron para crear un suspiro de satisfacción que le surgió de la garganta.

Adam levantó la cabeza, la miró a los ojos y sonrió.

—No cometo errores con frecuencia —admitió—. Pero este ha valido la pena.

Sienna levantó una mano y le apartó el pelo de la cara. Los ojos de Adam brillaban en la oscuridad clavados en ella, y sentía incluso que sus almas se estuvieran tocando. Y sin embargo, había sido un error, tal y como Adam había dicho. Por muy maravilloso que fuera.

Sus labios se curvaron en una sonrisa cuando habló en un suspiro:

—Para mí también ha sido increíble.

Adam se apartó de ella, se sentó y agarró su ropa. Al parecer el momento se había acabado, pensó Sienna sintiendo cómo el alma se le caía a los pies. Se apartó el pelo de la cara, se puso los vaqueros y luego la camisa.

Sentía el cuerpo suelto y relajado, aunque por dentro era un maremoto de emociones y sentimientos mezclados de los que se preocuparía luego. Pilló a Adam mirándole con los ojos entornados.

—Pareces contenta.

«Qué curioso», pensó Sienna. Era la primera vez

que se equivocaba al leer su expresión. ¿Qué sentido tendría admitir que estaba muy confundida?

–¿Por qué no iba a estarlo?

Adam frunció todavía más el ceño y Sienna se preguntó si no estaría igual de confundido que ella.

–¿Qué está pasando, Adam?

–No quiero que te hagas una idea equivocada, eso es todo –sus ojos oscuros estaban completamente cerrados. Como si estuviera delante de un robot sin emociones. ¿Cómo podía hacer algo así tan rápidamente?

Ladeó la cabeza y se lo quedó mirando fijamente.

–¿Qué idea equivocada? Sé más concreto.

Adam miró a su alrededor como si estuviera comprobando que estaban solos. Más les valía que fuera así después de lo que habían hecho, pensó Sienna. Luego volvió a mirarla.

–He estado casado antes –le espetó.

–Oye, y yo también –Sienna frunció un poco el ceño–. No son noticias frescas. ¿Dónde quieres llegar con esto, Adam?

Él se pasó una mano por el pelo.

–Solo quiero que sepas desde el principio que no estoy pensando en volver a casarme.

Lo único que pudo hacer Sienna fue mirarle asombrada y parpadear.

–¿Te he pedido matrimonio o algo así en medio de los estertores de la pasión? –preguntó con sarcasmo–. Porque eso habría sido muy vulgar…

Adam exhaló el aire, se frotó la cara y dijo:

–No estoy de broma, Sienna.

–Y yo no me río, Adam

–No te enfades. Solo quiero que sepamos dónde estamos desde el principio –dijo Adam–. Devon te hizo perder la cabeza y te llevó al matrimonio. Eso no va a pasar conmigo.

–Bueno, no fui yo quien se declaró –le recordó Sienna dejando que la rabia le saliera–. Si crees que seduje a Devon para que se casara conmigo o algo así, estás equivocado. Y te equivocas todavía más si crees que tengo algún tipo de plan maquiavélico para atraparte a ti.

–Sienna…

–Créeme si te digo que te puedes relajar, Adam. Estás completamente a salvo de la cazafortunas y de la *femme fatale*.

–Yo no he dicho eso –le espetó él.

Sienna clavó la mirada en la suya.

–¿Te das cuenta de la cantidad de veces que repites esa frase? «Yo no he dicho eso». Es como tu mantra o algo así. Tal vez deberías imprimir unas tarjetas con esa frase y dárselas a todas las personas a las que insultas sin siquiera darte cuenta.

–Sienna…

–¿O sabes qué? –se le acercó más y le dio un toque en el pecho con el dedo índice–. En lugar de utilizar tanto esa frase en concreto y confundir a todos los que te rodean podrías pensarte dos veces lo que vas a decir antes de decirlo.

–No me da la sensación de que estés confundida –Adam miró el dedo de Sienna, todavía puesto en su pecho, y luego clavó la vista en sus ojos de nuevo–. Lo que me parece es que estás enfadada.

–Te gustará saber que tu capacidad de percepción sigue siendo de diez. Felicidades, Adam.

–No estoy intentando enfadarte…

Sienna echó la cabeza hacia atrás y abrió los ojos de par en par.

—Vaya, y sin embargo mira qué bien te sale sin necesidad de esforzarte.

Sienna se cruzó de brazos y dio golpecitos en la alfombra con uno de sus pies desnudos. Resultaba increíble que Adam pudiera alterarla con la facilidad con que lo hacía. Pasión. Furia. Perplejidad.

Siempre estaba muy seguro de sí mismo. Y al parecer convencido de que era tan buen partido que cualquier mujer que se acercara a su cama lo hacía con el propósito expreso de convertirlo en algo permanente. Aspiró varias veces el aire en profundidad en un intento de evitar que le estallara la cabeza.

Adam seguía teniendo una mirada fría a pesar de que ella ardía por todas partes. Él estaba siempre tan convencido de que su forma de hacer las cosas era la correcta que nunca se le podría disuadir a través de la irascibilidad. Ni la de Sienna ni la de nadie. Por su parte, la lógica sí podría lograrlo.

—Solo quiero que los dos tengamos las cosas claras —afirmó Adam con tirantez.

Sienna hizo un esfuerzo por dejar de lado la rabia y se centró en convencer a aquel hombre que estaba siendo un idiota. Un idiota insultante.

—Oh, lo tengo completamente claro. Me da la impresión de que eres tú quien tiene un conflicto. Esto es sexo, Adam. No es una declaración de amor eterno. Es pasión, deseo —sacudió la cabeza y dejó que los últimos resquicios de furia se esfumaran porque en su modo equivocado y absurdo, Adam estaba tratando de ser justo con ella—. Los dos somos adultos. ¿Por qué no podemos estar juntos mientras esto dure y luego separarnos como amigos?

Ahora le tocó a Adam el turno de quedarse mirándola como si le estuviera hablando en idioma marciano. A pesar de la situación, Sienna estuvo a punto de echarse a reír. La irritación disminuyó. Lo cierto era que le gustaba ser capaz de confundirle. Al parecer no estaba acostumbrado a que las mujeres fueran tan directas con él.

–Amigos.

–¿Por qué no? –preguntó ella. Una parte de su ser le gritaba «nunca serás su amiga», pero la ignoró y se le acercó más. Le puso la palma de la mano en el pecho desnudo. Sintió el latido de su corazón. A pesar de la frialdad con la que quería actuar, sabía que Adam sentía más de lo que demostraba y aquello la alegró un poco en cierto modo. Lo miró a los ojos y dijo:

–Deja de pensar, Adam. Y por el amor de Dios, deja de hablar.

Transcurrieron uno o dos segundos antes de que una sonrisa asomara a sus labios.

–Ninguna mujer me había mandado callar nunca antes.

Sienna sonrió también. ¿Cómo no iba a hacerlo? No era suyo. Nunca lo sería. Pero en aquel momento sí. Durante el tiempo que tuvieran antes de que el mundo volviera a la normalidad.

–Bueno, pues me alegro de ser la primera –afirmó.

–Claro que lo eres –Adam sacudió la cabeza y le dedicó una sonrisa ladeada. Luego le tomó el rostro entre las manos e inclinó la cabeza para besarla. Justo antes de hacerlo, se detuvo y dijo–. Entonces, amantes ahora y amigos después.

A Sienna le empezó a bullir la sangre de nuevo.

–Podemos ser amigos ahora también si quieres.

–No, gracias –a Adam se le borró la sonrisa–. Lo

que quiero hacer contigo no lo quiero hacer con mis amigos.

Ella se estremeció y se dijo a sí misma que debería disfrutar de cada momento de su tiempo con él.

–Enséñamelo –se inclinó hacia delante.

Y eso hizo.

Adam no estaba acostumbrado a despertarse acompañado. No pasaba la noche con ninguna mujer y desde luego no dejaba que se quedaran en su casa.

Entonces, ¿qué diablos había pasado la noche anterior?

Sí, Sienna dormía en su casa de todas maneras, pero que se quedara en su cama era muy distinto. Todavía estaba dormida, con el rubio cabello enredado en la cara. Las pestañas eran como abanicos de seda en sus mejillas y la sábana gris pálido que le cubría el cuerpo dejaba al descubierto uno de sus pechos, como si lo estuviera tentando a saborearla.

El amanecer atravesaba el cielo con lazos de rosa y oro, convirtiendo la luz oscura en un tono lavanda claro. Adam se apoyó en un codo y la miró. Le apartó un mechón de pelo con las yemas de los dedos y luego se inclinó para besarle el hombro desnudo.

Sienna suspiró y se movió instintivamente hacia él. Se habían tomado el uno al otro durante toda la noche. Despacio, deprisa y todos los estados intermedios. Adam parecía no poder saciarse nunca de ella. Cada contacto alimentaba la necesidad de más. Cada clímax le hacía sentirse más excitado.

«Amigos», había dicho Sienna la noche anterior. Adam estuvo a punto de echarse a reír. No quería ser su amigo. Y tampoco le bastaba con ser su amante temporal. Pero, ¿qué quedaba? En sus planes no cabía nada permanente.

Y Adam siempre se ceñía al plan. Saber dónde iba, qué estaba haciendo y mantenerse centrado en sus objetivos. Pero con Sienna sentía como si siempre estuviera un paso atrás. No le gustaba.

Dicho aquello, le gustaba todo lo demás de ella. La inteligencia. El sarcasmo y su independencia. Su aroma. Su sabor.

Adam inclinó la cabeza, tomó aquel seductor pezón en la boca y mientras lo succionaba sintió cómo se despertaba. Sienna le pasó los dedos por el pelo, le sostuvo la cabeza y jadeó.

–Buenos días.

Adam sonrió contra su pecho y luego levantó la cabeza para mirarla. Aún a primera hora de la mañana, sin una gota de maquillaje y con el pelo revuelto por el sexo y el sueño, era lo más bonito que había visto en su vida.

–Ahora sí lo son –dijo Adam colocándola sobre la espalda.

Cubrió su cuerpo con el suyo, se colocó un preservativo, le abrió los muslos y se deslizó en su interior antes de que ella pudiera tomar aire.

El calor le recorrió las venas mientras veía cómo Sienna lo tomaba. Ella cerró los ojos brevemente dando un suspiro y luego volvió a abrirlos y clavó la mirada en la suya. Adam pensó que podría ahogarse en el azul de sus ojos y que no sería un mal modo de morir.

Y entonces el ritmo los atrapó, los sostuvo. En el suave silencio de la madrugada, Adam vio sus ojos brillar con el tipo de calor que lo encendía todo en su interior. Sienna alzó las piernas y le rodeó con ellas la cintura, empujándolo más profundamente en su interior. Con las miradas entrelazadas, se miraron el uno al otro mientras el final se precipitaba sobre ellos.

La luz de la mañana brillaba y a Sienna le echaban chispas los ojos.

–Vamos –susurró él controlando su propia necesidad para poder verla estremecerse primero–. Ve y yo te sigo.

Sienna arqueó la espalda, cerró los ojos y Adam sintió cómo su cuerpo se apretaba contra el suyo. Le clavó las uñas en la espalda y gritó su nombre mientras permitía que la explosión interna se apoderara de ella.

Adam sintió su placer como si fuera el suyo propio y supo que Sienna estaba tocando algo en su interior que nadie más había tocado. Lo que significaba para él, para ellos, eso ya no lo sabía. Y cuando su propio alivio lo reclamó un instante más tarde, no le importó. Lo único que importaba era la mujer que tenía entre sus brazos y el reloj silencioso de su cabeza, que iba contando lentamente los días que les quedaban juntos.

Unas horas más tarde, Sienna se sentía exhausta. Solo había dormido unas dos horas, y aunque tenía una sensación deliciosa en el cuerpo, necesitaba una siesta. Pero no iba a poder ser, llevar tu propio negocio consumía mucho tiempo y no era en absoluto divertido. Repasó las facturas, pagó algunas y aplazó otras. Y finalmente dio la bienvenida a su lado creativo y sacó los archivos digitales. Fue mirando las imágenes que tomó unos días atrás en Central Park, hizo algunas correcciones, borró algunas fotos y luego se puso a editar, perdiéndose en refinar sus imágenes favoritas. Y lo hizo todo habiendo dormido muy poco.

Seguramente aquella fue la razón por la que la entrevista con la niñera no fue muy bien.

–Gracias por haber venido, señora Stryker –dijo acunando a Jack contra su pecho.

Evangeline Stryker era alta, con nariz afilada y ojos azules como el hielo. De mediana edad y postura muy recta, era en realidad el cliché de la gobernanta malvada. Sienna se sintió un poco culpable por pensar eso, pero cuando la mujer volvió a hablar lo hizo con un lenguaje tan exquisito que Sienna se sintió como una plebeya frente a una duquesa malhumorada.

–Le agradezco que me haya dedicado su tiempo. Si me contrata puedo asegurarle que el niño recibirá buenos cuidados y disciplina –la mujer extendió el brazo hacia Jack, que se apartó como un vampiro ante una cruz.

La mujer salió y se subió a su berlina color negro. En aquel instante llegó Cheryl en su escarabajo amarillo. .

Cheryl salió del coche vestida con vaqueros, chanclas y una camisa rosa. Tenía el pelo negro y con un corte bob a la altura de la barbilla. Llevaba colgado al hombro un bolso casi tan grande como ella.

Se acercó a su amiga y tomó al pequeño Jack en brazos. El bebé se rio y le dio palmadas en las mejillas. De acuerdo, Cheryl tenía el sello de aprobación, lo que demostraba que Jack era un niño con criterio.

–Vaya –Cheryl se la quedó mirando fijamente–. Así que has tenido sexo.

–¿Qué? –¿acaso lo tenía escrito en la frente?

–Por favor, ni que fuera yo ciega –Cheryl le pasó el brazo por el suyo y tiró de ella hacia el interior de la casa–. Cuéntamelo todo. Pero primero hagamos un tour –giró la cabeza para mirar a su alrededor en el enorme vestíbulo–. Tengo que ver este sitio.

Una hora más tarde habían terminado la visita y Cheryl estaba dando de comer a Jack en la cocina mientras Sienna se tomaba un café.

–Y ahora –dijo Sienna–, tengo que encontrar una niñera.

–¿Por qué tienes que hacerlo tú? Jack es el sobrino de Adam. Debería hacer él las entrevistas.

–Eso es lo que pensé yo también al principio –reconoció Sienna–. Pero tiene razón en una cosa. La persona a la que contratemos vivirá aquí y cuidará de Jack. Entonces, ¿por qué no hacerles venir a la casa primero? Ver cómo reacciona el niño, ellos… y a Jack no le gustó la señora Stryker –Sienna bostezó.

Cheryl sonrió con complicidad.

–Si estás tan cansada, ¿por qué no pareces feliz?

–Porque… es complicado –reconoció Sienna llenándose otra vez la taza con café.

–Todas las cosas buenas lo son –aseguró Cheryl.

Sienna clavó la mirada en el bebé, que estaba dando palmadas con las dos manos contra la bandeja de la trona. Sienna sintió que se le encogía el corazón.

–Te estás enamorando –murmuró Cheryl.

–¿Qué? –Sienna dio un respingo–. No, claro que no. Adam y yo solo… no, no es eso.

–Interesante –murmuró Cheryl con sonrisa burlona–. Me refería a que te estás enamorando de este bebé. Pero te has ido directamente a Adam…

–No empieces.

–Yo no he empezado… solo lo he remarcado. ¿A que sí, Jack?

El bebé se rio y Sienna volvió a suspirar.

–Bueno, tal vez siento por Adam algo más de lo que quiero admitir.

–Eso es obvio. ¿Y…?

–Y nada –aseguró Sienna con firmeza–. Esto es temporal. Cheryl. Cuando encuentre una niñera y un lugar nuevo para mi negocio, esto se acabó.

Cheryl le limpió la cara al bebé y luego se quedó mirando largamente a su amiga.

–¿Tú quieres que esto se acabe tan pronto?

–Da igual lo que yo quiera.

–Por supuesto que no da igual –le espetó Cheryl–. ¿Qué estamos, en la Edad Media o algo así? Si quieres estar con él, ve a por él.

–Haces que suene fácil.

–No lo es –reconoció Cheryl–. Pero tampoco es imposible. Hazle saber que quieres más.

Sienna sacudió la cabeza con firmeza y apretó con las dos manos la taza de café.

–No. Ya me he soltado el discurso de «no te hagas ilusiones».

–No me lo puedo creer.

–Pues créetelo –Sienna la miró fijamente–. Aunque no era necesario. Yo ya sabía que solo estaba interesado en el aquí y ahora. Y le aseguré que me parece bien. Que no estoy esperando que tengamos una historia romántica.

Cheryl le dirigió una sonrisa.

–Pero, ¿te gustaría?

–No lo sé –dijo. Y al instante añadió–, o sea, sí lo sé, pero no quiero ir por ahí porque no me esperaría más que un valle de lágrimas.

Cheryl le dio una palmadita en la mano a su amiga.

–Lo único que digo es que si encuentras algo que quieres vayas a por ello.

–¿Aunque no tenga ninguna posibilidad de conseguirlo?

–La única forma segura de no conseguir algo es no intentándolo.

Mientras su amiga sacaba a Jack de la trona, Sienna pensó en el tiempo que había pasado con Adam en los últimos días. Las risas, las conversaciones, los besos, y oh, Dios mío, la última noche. Sentía como si lo tuviera grabado a fuego en la piel y quería volver a hacerlo todo otra vez. Cuanto antes. Cuando se despertó aquella mañana con Adam entrando en su cuerpo experimentó una sensación de plenitud que nunca antes había vivido. Compartían muchas cosas y al mismo tiempo estaban muy alejados. Y así debería ser por su propio bien. Sienna volvió a recordarse a sí misma que cuando encontrara una niñera y un sitio para su negocio de fotografía, su relación terminaría.

Y con aquel pensamiento en mente abrió los ojos, miró a Cheryl y dijo:

–¿Quieres ir a dar un vuelta? Necesito encontrar el estudio de fotografía perfecto.

No esperaba encontrar algo tan rápidamente, pero una hora más tarde, Sienna supo que había dado con el lugar perfecto a las afueras de Long Beach. La casita habría sido construida seguramente en los años cuarenta. Tenía un porche amplio con columnas de piedra, ventanas que daban al paseo marítimo, y más allá, el mar. Estaba rodeada por otras casas antiguas que se habían reconvertido en bufetes de abogados, galerías de arte o incluso talleres de cerámica.

–Necesita mucha reforma –musitó Cheryl.

–Sí, pero cuando esté terminado… –Sienna agarró la cámara para hacer una foto del cartel de «Se vende» para tener el número del agente inmobiliario–. Oye, ya que estamos en Long Beach podemos pasar por mi casa y recoger mis objetivos largos. Quiero hacer algunas fotos desde el balcón de Adam.

–Eso no es todo lo que quieres hacer en el balcón de Adam…

–¿Hablas en serio? –Sienna se rio y sacudió la cabeza. Pero no sirvió para apartar de su cabeza la imagen de Adam y ella en la tumbona del balcón.

–Sin problema –Cheryl se acomodó en el asiento–. Mike está con los niños y tengo la tarde libre.

–Genial –Sienna miró a Jack, que dormía plácidamente en la sillita del coche.

Arrancó el coche y se dirigió hacia su casa. Diez minutos más tarde aparcó en la entrada y se quedó mirando aquella casa que no reconocía.

–Guau –murmuró Cheryl a su lado–. ¿Cuándo has hecho todo esto? ¿Y por qué no me lo has contado?

Sienna salió de Thor y miró a su amiga.

–No he sido yo. Es cosa de Adam. Y no me ha dicho nada.

La casa tenía ahora un color azul cielo con una moldura blanca brillante. El porche estaba pintado de azul marino y tuvo que admitir a pesar de su rabia que realmente realzaba su belleza. La antigua puerta de entrada ahora lucía una pintura amarilla brillante e incluso había flores frescas en macetas por todo el porche. Sienna echó un buen vistazo a su casa. El camino de la entrada había sido reemplazado. Ya no había grietas. El tejado la puerta del garaje eran nuevos.

Cheryl salió del coche y se puso a su lado.

–¿Cómo ha podido hacer todo esto tan rápido?

Buena pregunta.

–No me ha preguntado si me parecía bien que hiciera esto. No, Adam Quinn decide que algo necesita reparación y lo hace.

–Sí, diablos, habría que matarlo –afirmó Cheryl con ironía.

Sienna le dirigió una mirada de exasperación.

–Esta es mi casa, Cheryl. No la suya –sacudió la cabeza–. Lo ha hecho porque está claro que cree que no soy capaz de ocuparme de mi propia vida. Tengo que pararle los pies. Ya me tiene viviendo en su casa, conduciendo su coche, cuidando de su sobrino y eligiendo lugares que él pueda renovar para mí.

–Lo que yo digo. Que le corten la cabeza.

Sienna torció el gesto y la miró.

–Estás de su parte.

–En esto sí –dijo Cheryl–. Por lo que veo ha arreglado tu casa, ha accedido a darte una nueva y fabulosa oficina y te proporciona un sexo fabuloso que te ilumina la cara. ¿Qué tiene de malo nada de todo esto?

Dicho así resultada difícil argüir. Pero a Sienna seguía picándole el orgullo.

–Tengo que hablar con él –insistió.

Cheryl suspiró.

–Por supuesto. De acuerdo, entra, recoge tus objetivos y luego puedes llevarme a mi coche antes de enfrentarte a Adam.

–Adam va a aprender que no es tan fácil arrollar como una apisonadora a Sienna West –murmuró antes de ponerse en marcha.

Capítulo Nueve

Cuando Sienna dejó a Cheryl y luego volvió al despacho de Adam ya se le había pasado un poco la rabia. Pero todavía tenía la irritación bastante alta. Entró en la oficina con Jack en la cadera. Sienna sonrió y saludó con la cabeza a todo el mundo y se detuvo en el escritorio de Kevin.

–Vaya, hola –dijo él mirándola de arriba abajo–. Estás preciosa.

Sorprendida por el piropo, Sienna se miró. Se había olvidado completamente de que llevaba un vestido veraniego con sandalias de tacón alto rojas. Quería tener buen aspecto para la entrevista con la niñera y luego no se había molestado en cambiarse.

–Ah, gracias. Eh… ¿Adam está ocupado?

–Acaba de terminar una reunión, así que no –Kevin se levantó con la intención de acompañarla al despacho de Adam–. Le pillas en muy buen momento.

–Genial. Toma. ¿Te importa cuidar a Jack un momento? –le tendió el bebé sin darle al hombre posibilidad de objetar.

Kevin pareció entrar en pánico durante un segundo, pero Sienna tenía una misión y no podía tomarse el tiempo de consolar al hombre.

–No muerde –dijo con cierta exasperación.

–Ya veremos… –Kevin agarró al bebé, que se rio en sus brazos.

Sienna ya se había dado la vuelta y se dirigía hacia las puertas que daban a la guarida del león. Abrió una, entró en el santuario y cerró tras ella. Se apoyó contra las puertas durante un instante y se quedó mirando fijamente al hombre que estaba sentado en el escritorio.

Adam llevaba un traje chaqueta gris, camisa negra y corbata roja. Tenía el sol detrás, y lo iluminaba de un modo que parecía como si el despacho hubiera sido diseñado para mostrarlo como un gobernante absoluto. A Sienna se le puso el estómago del revés.

Él la miró y le dirigió una sonrisa lenta que la derritió por dentro.

–Vaya, hola. Estás guapísima.

–Gracias –Adam la estaba desarmando con un cumplido y una sonrisa que indicaba pensamientos perversos. Maldición–. Adam, he ido esta tarde a mi casa…

Él se reclinó en la silla. Parecía sentirse cómodo y al mando.

–¿Sí? ¿Qué te ha parecido? No la he visto con mis propios ojos, pero Toby García hizo algunas fotos cuando estuvo terminada. Me pareció que estaba bien.

Sienna parpadeó. Había esperado que se pusiera a la defensiva.

–Es bonita, pero…

–Me alegro de que te guste –Adam dio una palmada con cada mano en los brazos de la silla y se puso de pie–. Los colores también me parecieron muy bonitos.

Se le acercó tanto que Sienna pudo ver su propio reflejo en sus ojos. Aspiró con fuerza el aire.

–Adam, he venido para decirte que no puedes hacer este tipo de cosas.

–Demasiado tarde –afirmó él esbozando una media sonrisa–. Ya está hecho.

Y ahí estaba. Exactamente lo que esperaba oír.

—Mira, ni siquiera lo sientes.

—¿Por qué iba a sentirlo? —Adam parecía asombrado con la idea.

—Porque ni siquiera te has molestado en consultarme cuando decidiste reformar mi casa. No vuelvas a hacer algo así.

—No tienes más casas, ¿verdad? —preguntó él con tono amigable—. Entonces no hay ningún problema. Aunque deberías echarle un vistazo a esto —murmuró volviendo al escritorio y agarrando una hojas—. Ya he firmado los papeles para poner el Explorer a tu nombre.

—¿Qué? —Sienna se lo quedó mirando con la boca abierta—. No puedes hacer esto…

—Claro que puedo. Además, esto es culpa tuya. Tú le pusiste al coche el nombre de Thor, y ahora no puedo ni subirme a él. Sería como estar sentado en el regazo de un tipo enorme y rubio de pelo largo con un martillo.

Ella se rio antes de inhalar profundamente el aire y luego soltarlo.

—Así que esperas que acepte el coche nuevo… y todo lo que has hecho en mi casa.

—Sí.

—¿Por qué es tan complicado discutir contigo?

Adam se encogió de hombros.

—Tal vez porque sabes que tengo razón.

Ella negó con la cabeza.

—No, no creo que esa sea la razón —le miró a los ojos—. Antes de ver la casa, antes de que me regalaras un coche, iba a decirte que he encontrado un sitio para mi estudio de fotografía. Pero ahora creo que no estoy cómoda con nuestro acuerdo. Ha has hecho demasiado por mí… aunque yo no te lo haya pedido.

–No puedes echarte atrás en nuestro acuerdo, Sienna –extendió la manos y le acarició los brazos desnudos. Y fue como encender una cerilla.

–Adam…

–¿Sabes? Me gusta mucho ese vestido. Vamos a aprovecharlo. ¿Has traído tu cámara?

–Sí, está en Thor. ¿Por qué lo preguntas?

Adam la tomó del brazo y la sacó del despacho.

–De acuerdo, en marcha. Vamos a ver primero el sitio que has encontrado…

–Tenemos que hablar de eso, Adam.

–… Y luego iremos a Dana Point. Así podrás tomar las fotos de nuestro nuevo proyecto.

Entraron en el área de la oficina y se quedaron paralizados. Kevin estaba haciéndole monerías a Jack. El pequeño se reía. Kevin sonreía, y cuando miró a Adam tragó saliva.

–De acuerdo –dijo–. Me habéis pillado. En realidad no odio a los bebés. No se lo digáis a Nick.

–Ya lo sabe –aseguró Sienna sonriendo para sus adentros.

–Me alegro de que te lo estés pasando bien –Adam mantuvo a Sienna agarrada del brazo–. Luego lleva a Jack a mi casa, ¿de acuerdo? Puedes conducir el Explorer, su sillita está dentro. Voy a llevar a Sienna a Dana Point para hacer unas fotos del proyecto.

Kevin se encogió de hombros.

–Claro.

Sienna supo que estaba arrollándola otra vez… pero por alguna razón no le importó. Y eso empezaba a preocuparla.

–Sienna y yo vamos a cenar fuera, así que si quieres que venga Nick a casa, genial –dijo Adam ya saliendo.

Sienna giró la cabeza para mirar a Kevin, que levantó los pulgares mientras ella corría para seguir el ritmo de Adam.

No sabía cuándo había perdido el control de aquella confrontación. Había ido allí a dejar claras las normas y ahora se veía arrastrada hacia una aventura. Miró de reojo a Adam cuando entraron en el ascensor. Era un mandón. ¿Por qué le encontraba tan atractivo?

—Yo no he dicho que fuera a ir cenar contigo.

Adam la miró y sonrió.

—No te lo he pedido.

—No puedo creer que hayas hecho esto.

Adam la miró. Sienna tenía una mezcla de emoción y asombro en la mirada.

—Tú estabas ahí —dijo él—. Escuchaste la conversación.

—Lo sé —Sienna agarró su copa de vino, le dio un sorbo y luego sacudió la cabeza.

Al hacer aquel movimiento se le agitó la melena, y el resultado fue hipnotizador. A Adam se le quedó el aire retenido en el pecho hasta que sintió que iba es estallarle por la presión.

—Es solo que, ¿dónde se ha visto que alguien llame a un agente inmobiliario y le haga una oferta en metálico por una casa que ni siquiera ha visto?

—Tienes que soltar eso ya.

—No creo que pueda —Sienna se rio, impotente—. Y tampoco creo que el agente se vaya a recuperar pronto de esta.

—Ya —Adam se encogió de hombros y le dio un largo sorbo a su copa de vino—. Mira, lo importante es que encontraste lo que querías. Y es un buen sitio. Pasa mucha gente por delante, estarás muy visible. Hay sitio de sobra y la casa tiene una buena estructura. Cuando tengamos la escritura iremos a verla para que me digas exactamente lo que quieres.

—¿Quieres decir que esta vez sí puedo opinar?

Adam esbozó una sonrisa.

—Ese es el trato.

El restaurante estaba abarrotado. Tenían una mesa al lado de la ventana con una vista a los acantilados. Había velas en las mesas, sonaba música de violines y tenía sentada frente a él a la mujer más bella del mundo. Llevaba puesto un vestido de flores rojas de escote bajo y falda por encima de la rodilla. Llevaba el rubio cabello suelto y cuando sonreía se le iluminaba la cara. Y maldición, Adam sentía algo. No quería admitirlo, no quería ni pensar en ello, pero allí estaba.

Sienna se estaba enraizando demasiado profundamente en su vida. En su mundo. Siempre estaba pensando en ella, y cuando la tenía cerca solo podía pensar en desnudarla y hundirse en sus brazos, en su calor, en sus ojos. En su mente sonaron las sirenas de aviso, pero Adam estaba demasiado lejos para escucharlas. Necesitaba un poco de espacio. Y no solo de ella, sino también para pensar seriamente en Jack. Sí, quería al bebé, pero eso no significaba que se le fuera a dar bien criarlo. Necesitaba ayuda, y hasta el momento el asunto de la niñera no estaba funcionando.

Por suerte tenía el viaje a Santa Bárbara pronto. Podría escaparse. Pensar. Intentar encontrarle a sentido a lo que estaba ocurriendo en su vida.

—¿Adam, estás bien? —el tono de su voz le indicó que no era la primera vez que le hablaba.

No, no estaba bien en absoluto. Pero que lo asparan si se lo confesaba a la mujer que era la razón de que su cabeza, habitualmente lógica, se estuviera saliendo de tal modo por la tangente.

–Solo estoy pensando –dijo frunciendo el ceño–. Me preocupa que no hayamos encontrado todavía niñera. Estoy pensando que tal vez no esté tan mal el ofrecimiento de Delores para cuidar de Jack, al menos por el momento.

La idea se le había ocurrido hacía unos minutos. Pero cuanto más pensaba en Sienna más la deseaba… y más sabía que tenía que sacarla de su vida. Se estaba dejando arrastrar demasiado y eso no podía ser.

Así que si Delores se ocupaba del niño, entonces en cuanto volviera de vacaciones terminaría aquel tiempo con Sienna. No tendrían que estar más tiempo buscando esa niñera mítica que nunca encontrarían. En caso contrario aquella historia entre ellos se prolongaría eternamente y Adam se vería más y más inmerso, y sabía muy bien que nunca saldría bien. Era mejor ponerle fin ahora. Por el bien de Sienna, se recordó.

–Bueno, bien –Sienna volvió a levantar su copa–. Entonces, ¿no más entrevistas?

–No necesariamente. Delores volverá en poco más de una semana. Si puedes quedarte hasta entonces, te lo agradecería.

Se había dicho a sí mismo que sería educado. Distante. No tenía sentido hacer que aquello fuera feo en el final. No serían amigos. No podía seguir siendo su amante. Pero eso tampoco significa que tuvieran que ser enemigos.

La confusión se hizo visible en las facciones de Sienna.

—Pensé que ya habíamos decidido que me iba a quedar.

—De acuerdo. Eso está bien. Gracias.

«No mires la subida y la bajada de sus senos. No te fijes en que se humedece el labio inferior». Tenía que decirle que lo que había entre ellos se había terminado. Pero no quería hacerlo durante la cena.

Ya sabía que se le daban fatal las relaciones. Y su hermano ya le había causado a Sienna suficiente dolor para una vida. Así que iba a hacer aquello, poner fin a la relación, por ella más que por él. Sienna se merecía algo mejor que otro Quinn destrozándole la vida.

—De nada, Adam… ¿qué ocurre? —la preocupación brillaba en sus ojos y él odió la sensación de querer borrarlo. Y no lo hizo.

—Nada. Solo ha sido un día muy largo.

Sienna hizo amago de tomarle la mano por encima de la mesa y Adam la retiró y levantó su copa de vino. Vio el destello de dolor en su mirada. El dolor era transitorio. Lo superaría.

Ambos lo harían.

La cena fue larga y silenciosa, pensó Sienna un par de horas más tarde. Había percibido que Adam se había apartado de ella. Era como si el hombre que había conocido hubiera desaparecido en un cascarón de hielo.

Y había empeorado cuando llegaron a casa. ¿Cuándo había empezado a considerar el sitio donde Adam vivía como *casa*? ¿Cuándo había empezado a pensar que había algo más entre ellos de lo que ninguno de los dos había pensado?

¿Cuándo había empezado a amarle?

Sienna se detuvo en las escaleras y se agarró a la barandilla. Kevin y Nick se habían marchado hacía tiempo, y Adam se metió en su despacho en cuanto volvieron. Estaba sola cuando aquella nueva certeza la apuñaló, y Sienna lo agradeció.

Cuatro años antes, cuando Devon Quinn la metió en una historia de amor, seducción y matrimonio, se convenció a sí misma de que estaba enamorada. Lo que sentía por Adam eclipsaba lo que había sentido por Devon. Aquí no solo había más amor. Había más capas. Más definición. Más colores.

Recordó la repentina frialdad que había surgido entre ellos durante la cena. Adam la había mirado y Sienna se dio cuenta de que estaba simplemente siendo educado. El calor que estaba acostumbrada a recibir de él quedó sepultado tras un muro de distancia.

¿Era esta la razón? ¿Había intuido lo que Sienna sentía? ¿Lo había percibido de alguna manera? ¿Era esa la razón por la que había cambiado tanto de pronto? No había sido su intención amar a Adam. Pero ahora, con la casa y el coche, era demasiado tarde para cambiar nada. Y no estaba completamente segura de querer cambiarlo aunque pudiera. El amor, cuando finalmente llegaba, era demasiado grande, demasiado abrumador para dejarlo a un lado. Tal vez Adam no lo deseara, pero Sienna iba a disfrutar de aquellos nuevos sentimientos aunque eso significara vivir con más dolor después.

—Pero por el momento —murmuró poniéndose de pie otra vez—, va a hablar conmigo. No voy a pasarme la siguiente semana con ese frío silencio rodeándome.

Vaya, sonaba muy valiente. Ojalá se sintiera así de verdad.

Llevaba puesta una camiseta verde oscura, unos vaqueros cortos y estaba descalza, así que cuando subió las escaleras no hizo ningún sonido. Sienna caminó por el pasillo igual de silenciosamente y luego llamó suavemente con los nudillos a la puerta de su despacho. Abrió y miró dentro.

—¿Adam?

El despacho solo estaba iluminado por la lámpara del escritorio, que iluminaba tenuemente al hombre que estaba sentado al final de aquel brillo.

Adam estaba en una de las dos sillas de cuero granate situadas frente a su escritorio, con las piernas estiradas. Tenía una copa en la mano, y aunque parecía relajado, Sienna podía casi sentir la tensión que emanaba de Adam en oleadas hacia ella.

Adam giró la cabeza y la miró, y se dio cuenta de que todavía tenía los ojos entrecerrados.

—¿Qué pasa?

No era una bienvenida muy calurosa, pero lo aceptaría. Se le acercó y se detuvo justo delante de él.

—Esa es exactamente mi pregunta. Quiero saber qué está pasando. ¿Qué ha ocurrido?

«Y por favor, ojalá no sepas que te amo».

Adam le dio un sorbo a la copa de cristal que tenía en la mano. Luego se puso de pie, dejó la copa con cierta fuerza sobre el escritorio y se giró para mirarla.

—No ha pasado nada, Sienna. Es solo que el tiempo de juego acabó.

—¿Qué quieres decir?

Adam suspiró y se apoyó contra el escritorio. Cruzó los tobillos y cruzó los brazos sobre el pecho. No podría estar más a la defensiva.

—Quiero decir que me voy mañana a Santa Bárbara.

Sienna frunció el ceño.

—Creí que tenías la reunión la próxima semana.

—Voy a irme antes —dijo remarcando las palabras.

—¿Por qué? —se escuchó a sí misma decir, aunque estaba segura de que ya conocía la respuesta.

—Porque esta historia entre nosotros tiene que terminar, Sienna —tenía la mirada clavada en la suya, pero allí no había ninguna calidez—. Los dos sabíamos que esto no iba a durar. Bien, ahora que Delores se va a ocupar del bebé tú y yo hemos terminado.

Sienna sintió como si le estuvieran estrujando el corazón. El estómago se le puso del revés y sintió como si tuviera hielo en las venas.

—Porque tú lo digas.

—Así es.

Sienna le miró fijamente.

—¿Sabes qué, Adam? Muy bien. Se ha terminado. Porque yo lo digo.

—Lo que sea —murmuró él.

En aquel momento no podía ni entender por qué le amaba.

—No hagas eso —le espetó acercándose más—. No puedes despreciar mis sentimientos ni actuar como si no hubiera pasado nada entre nosotros.

—Sienna…

—Porque sí ha pasado y tú lo sabes —la respiración se le hizo más agitada. Le dolía un poco la cabeza.

—¿Por qué tiene que significar algo más allá de lo que ha sido? —preguntó Adam con tono perezoso, como si nada le importara. Y eso la enfurecía más que nada.

—Dios mío, qué arrogancia —dijo ella entre dientes.

Adam se apartó del escritorio y se incorporó como si estuviera preparado para luchar.

–Déjalo, Sienna.

–No. No porque tú me lo digas. No porque me prometí a mí misma que no te diría que te quiero.

Adam dio un respingo y sacudió la cabeza. El hielo de sus ojos se hizo más profundo, más frío, y pasó del invierno a la congelación del ártico. El dolor la atravesó por la mitad y se le llenaron los ojos de lágrimas, pero las contuvo. No permitiría que Adam las viera.

–Oh, no querías oír eso, ¿verdad?

–No. ¿Qué sentido tendría?

–Los sentimientos tienen su propio sentido, Adam –Sienna aspiró con fuerza el aire y luego lo soltó con exasperación–. Sabía que esa sería tu respuesta, por eso no iba a decírtelo. No iba a hacerte saber lo que siento porque no quería hacerte una encerrona ni colocarme a mí en el disparadero. Pero, ¿sabes qué? Al diablo con eso. ¿Por qué tendría que guardarme mis sentimientos por tu beneficio? Está claro que no te importa lo que yo sienta o piense. Ya has decidido que esto se ha terminado. Bueno, pues tengo una noticia para ti, Adam. No te toca a ti decidir cómo se siente la gente. Ni lo que hacen o dicen.

Sienna no recordaba haberse sentido nunca tan furiosa. Tan triste. Tan torturada.

–Yo nunca he dicho que…

Ella se rio, pero le sonó forzado incluso a sí misma.

–Ya estamos otra vez. Me vas a decir lo que no has dicho en lugar de explicar lo que realmente querías decir. O lo que sientes –Sienna alzó la vista para mirarle pero volvió a bajarla. No quería encontrarse con aquella mirada tan dura otra vez–. Tu problema es que sientes algo por mí. Y no quieres que eso sea así.

Adam apretó los dientes.

–Maldita sea, Sienna. ¿Por qué tenemos que hacer esto? ¿No eres tú quien dijo que seríamos amigos cuando esto terminara?

Que le recordara aquellas palabras fue como recibir una bofetada extra. Dios santo, ¿de verdad había dicho eso ella? ¿Lo había creído?

–Estaba equivocada. No soy tu amiga. Y al parecer tampoco soy ya tu amante –tragó saliva antes de continuar–. Pero soy la mujer que te ama… a pesar de que seas el tipo más insoportable y arrogante del planeta, te amo. Pero voy a intentar dejar de hacerlo, así que ahórrate la compasión.

Sienna se dio la vuelta y se dirigió hacia la puerta. Cuando llegó allí se detuvo para mirarle.

–Si de verdad crees que huir a Santa Bárbara va a hacer esto más fácil, te deseo suerte. Pero te vas a llevar una decepción enorme.

–No estoy huyendo –murmuró Adam.

–Sigue diciéndote eso –Sienna agarró el picaporte–. Buen viaje.

Durante los siguientes dos días estuvieron solo Sienna y Jack. No llamó a Cheryl, ni siquiera pasó por la tienda más que para decirle a su ayudante, Terri, que pospusiera dos citas que tenía para la siguiente semana. No estaba de humor para intentar ser creativa. Para encontrar el sol de la vida e intentar capturarlo digitalmente.

¿Cómo iba a ser así cuando sentía que el suelo se le había abierto bajo los pies? Sí, sabía desde el principio que no tendría ningún futuro con Adam. Pero al menos antes tenía un presente. Ahora no tenía nada.

–Solo tú, cariño –murmuró acariciando el fino pelo del bebé–. Y a ti no voy a renunciar. No podría.

Ya había perdido a Adam, ¿cómo iba a perder también a Jack? Solo tenía que tener cuidado. Ir a la casa cuando estaba segura de que Adam estaba en el trabajo o algo así. Estaba segura de que Delores no la delataría.

–Adam. Dios, lo echo de menos –susurró. Y escuchó su propia voz retumbando en el salón. Al estar allí ahora, caminando por aquella preciosa casa, veía a Adam por todas partes. Y su ausencia era como un agujero en el corazón.

Había pasado las dos últimas noches en el sofá de la habitación de Jack despierta, porque si intentaba dormir, Adam se le aparecía en sueños. Tal vez fuera una cobardía utilizar a un bebé dormido como osito de peluche, pero no quería estar sola. Y no podía soportar la idea de estar en la habitación de Adam sin él.

–¿De verdad ha pasado poco más de una semana desde que todo empezó? –se preguntó en voz alta mientras Jack le daba palmadas en las mejillas con ambas manos.

¿Cómo podía haber cambiado todo tan drásticamente en tan poco espacio de tiempo? ¿Cómo no se había dado cuenta de que se estaba enamorando?

–Tal vez porque una parte de mí siempre le ha amado. ¡Es patético! Pero no te preocupes, voy a estar bien, cariño –dijo sosteniendo más cerca a Jack y aspirando su aroma a bebé–. Y siempre te querré, aunque no esté aquí. Vas a tener que ser paciente con tu tío Adam porque él también te quiere. A veces es un poco hosco, pero no se lo tengas en cuenta.

El bebé se echó hacia atrás y le dirigió una sonrisa sin dientes.

–Te voy a echar mucho de menos.

Justo cuando se iba a echar a llorar sonó el timbre de la puerta y Sienna fue a abrir. Al hacerlo se le paró el corazón.

–Sabía que serías tú –Donna Quinn pasó por delante de ella para entrar en la casa y luego se giró para mirarla–. No tuviste suficiente con uno de mis hijos, ¿verdad? Así que ahora vas a por el otro también.

Capítulo Diez

–No lo permitiré.

Donna Quinn temblaba prácticamente de furia. Sus ojos negros echaban chispas.

–No permitiré que estés aquí. En esta casa, en la vida de mi hijo –señaló a Sienna con un dedo–. Una amiga mía te vio cenando con Adam. Le faltó tiempo para llamarme y decirme que la ex de Devon estaba intentando otra vez entrar en el engranaje de la familia Quinn.

Y eso que Sienna creía haber tocado fondo. Pero al parecer todavía había más espacio para caer.

La madre de Adam nunca le había tenido ningún cariño. Siempre pensó que no era la mujer «adecuada» para Devon. Según Donna, el divorcio fue cosa de Sienna, y cuando Devon murió la mujer culpó también a Sienna por ello. En aquel momento no le importó porque no tenía que lidiar con ella.

Pero al parecer aquel tiempo ya había pasado.

Sienna cerró la puerta de entrada y sostuvo a Jack con más fuerza entre sus brazos. Vio cómo Donna cruzaba el vestíbulo con los tacones pisando con fuerza las baldosas. Llevaba el rubo cabello peinado en un corte bob, pantalones de lino color crema y una camisa de seda azul zafiro. Si no fuera por la furia que la poseía, habría sido la imagen misma de la elegancia.

–En qué estabas pensando para conseguir acceso a la casa de Adam, ocuparte del hijo de Devon –la acusó

133

Donna. La mujer se detuvo abruptamente. Dejó de mirar a Sienna y clavó la vista en el bebé como si acabara de darse cuenta de que estaba allí–. Dámelo –le exigió.

Sienna dio un paso atrás. No tenía derecho. Su ex-suegra era la abuela de Jack, después de todo. Pero el bebé se le agarró al pelo con más fuerza. Aquella desconocida y sus gritos le daban miedo.

–No te conoce, Donna. Le estás asustando.

La mujer giró la cabeza como si la hubieran abofeteado.

–Cómo te atreves. Es mi nieto.

–Y no te conoce –repitió Sienna manteniendo un tono de voz bajo y sosegado–. Si pudieras calmarte un poco…

–¿Calmarme? –Donna soltó una carcajada que a Sienna le sonó como si alguien deslizara las uñas por una pizarra–. Me resulta irónico que la mujer que es la causa de mi furia me diga que me calme.

Sienna aspiró con fuerza el aire y se recordó a sí misma que debía ser educada. La calma de la casa había quedado destrozada. Donna estaba de pie en un haz de luz del sol que se reflejaba en sus ojos, haciendo que parecieran llamas de fuego. Sienna recordó al instante lo que Adam le había contado sobre su madre. Cómo se había volcado en Devon, prácticamente ignorándole a él. Sienna recordó cómo Devon evitaba las llamadas de teléfono de su madre. De hecho se había mudado a Italia para dejar de estar bajo su escrutinio.

Y sin embargo, nada de todo aquello importaba porque Donna estaba ahora allí, y le gustara o no, era la abuela de Jack. La madre de Adam. Así que Sienna mantuvo bien sujeta la ira que había comenzado a surgirle en la boca del estómago y se armó de paciencia.

Entonces vio cómo Donna la miraba de arriba abajo, percatándose de los vaqueros cortos, los pies desnudos y la camiseta gris.

–¿Cómo voy a calmarme si tú has regresado a nuestras vidas? –preguntó con desprecio–. Dios mío, eres como un fantasma que persigue a la familia Quinn. ¿No te bastó con que Devon muriera por tu culpa?

Sienna contuvo el aliento. Siempre supo que la madre de Devon la culpaba por la muerte de su hijo, y lo dejó estar porque Donna ya no formaba parte de su vida y todo el mundo necesitaba alguien a quien culpar cuando caía sobre ellos una tragedia.

Pero que la asparan si lo consentía ahora.

–Llevábamos un año y medio divorciados cuando murió, Donna. ¿Cómo va a ser culpa mía?

–Porque si te hubieras quedado con él no habría estado en aquella maldita lancha –gritó con los ojos brillantes de lágrimas–. Ni en aquella estúpida carrera.

–Dios, Donna, lo conocías lo bastante para saber que no es cierto –dijo Sienna tratando de ir más allá del dolor de aquella mujer–. Por supuesto que Devon habría estado en la carrera. Siempre hacía lo que quería y cuando quería. Aprovechaba todas las oportunidades que podía porque se creía inmortal.

–No tienes derecho a hablar así de mi hijo.

–Tengo todo el derecho –aseguró Sienna con calma mientras acariciaba la espalda del niño en un intento de consolarlo–. Fui su mujer.

–No tendrías que haberlo sido nunca. Si me hubiera escuchado…

Sienna suspiró y Donna reaccionó.

–Ahora tu plan es convertirte en la mujer de Adam, ¿verdad?

–No –afirmó.

Y aquella única palabra le costó porque la verdad era que si Adam le hubiera pedido que se casara con él habría dicho que sí al instante. Pero no lo había hecho. Nunca lo haría. Así que lo que ella sintiera daba igual.

–Será mejor que ni lo consideres –dijo Donna pasándose furiosa una mano por la mejilla para secarse una lágrima furtiva. Luego miró a Sienna con los ojos entornados–. Porque Adam nunca se unirá a ti.

No, no lo haría. Y no por lo que su madre dijera, sino porque Adam había decidido apartar a Sienna de su vida. Y a ella le partía de dolor reconocerlo. Miró a Donna y trató de ver más allá de la furia de aquella mujer. Fuera como fuera, quería a su hijo y Sienna no podía ni imaginar el dolor que habría supuesto perderlo. Que no fuera precisamente la madre del año no tenía nada que ver.

–Entre Adam y yo no hay nada –dijo finalmente Sienna, aunque le costó.

Donna no parecía convencida.

–Y no lo habrá. Yo me encargaré de ello.

Sienna podría haberse echado a reír. Nadie obligaba a Adam Quinn a hacer algo que no quisiera. Ni tampoco recibía órdenes de nadie, y menos de su madre. Pero no había razón para señalarlo, porque por mucho que quisiera creer lo contrario, Donna lo sabía tan bien como ella.

–Y ahora –continuó Donna con voz temblorosa–, quiero abrazar a mi nieto y quiero que te vayas de esta casa.

El instinto llevó a Sienna a sostener con más fuerza al bebé.

–Adam espera que esté aquí cuidando de Jack.

–Ahora estoy yo. Tu ayuda no es necesaria –Donna alzó los brazos para agarrar a Jack.

El bebé gimoteó y se giró al instante hacia Sienna. A ella se le partió el corazón al pasar la mirada del bebé a los duros ojos de su abuela. No tenía opción. Aquella no era su casa. Aquel no era su hijo. Y Adam tampoco era suyo. Esa era la verdad más dura.

–De acuerdo, Donna. Me iré –evitó mirar al bebé, que seguía llorando–. La comida de Jack y sus biberones están en la despensa de la cocina.

–Lo encontraré –aseguró la otra mujer.

–De acuerdo entonces. Recogeré mis cosas y me iré.

Donna observó en silencio cómo Sienna se daba la vuelta y subía las escaleras. Los sollozos de Jack la siguieron, y a Sienna se le llenaron los ojos de lágrimas. Se agarró con fuerza a la barandilla mientras subía las escaleras con la lentitud de alguien avanzando hacia el patíbulo.

Sentía como si la hubieran vaciado y solo podía pensar en que esto era lo que se sentía cuando se perdía todo lo que te importaba.

Tres días en Santa Bárbara y todo había terminado. Solo faltaba celebrarlo.

Había cerrado el trato para el campo de golf, y el proyecto empezaría en los próximos dos meses. Era uno de los mejores acuerdos que había alcanzado Adam, y se dio cuenta de que no le importaba lo más mínimo. Había tenido que esforzarse cada minuto para concentrarse porque la cabeza se le iba todo el tiempo hacia su casa, hacia Sienna y el bebé. De alguna manera, pensó asombrado, se habían convertido en una familia.

Se pasó la mano por la cara y trató de apartar el pensamiento de que había arrojado por la borda lo que la mayoría de la gente nunca encontraba. Pero, ¿qué otra opción tenía? Ninguna. Su historial de relaciones era un horror. Adam no quería proporcionarle a Sienna más dolor. Si ahora estaba dolida, aquello era mejor que el dolor posterior. Había hecho lo correcto.

Entonces, ¿por qué se sentía tan mal?

Adam recorrió la longitud del lujoso salón de la suite presidencial. Kevin y él estaban en el mejor hotel de la ciudad, en una habitación que habría hecho suspirar a Sienna de placer. Y no podía importarle menos. Para él como si fuera una choza. Le daba lo mismo.

—Hemos resuelto esto en un tiempo récord —dijo Kevin dejándose caer en una silla—. Una vez que tengamos los papeles firmados esa noche, podemos volver a casa.

—Sí. Gracias por encargarte de la última reunión.

—Nunca te he visto con tanta prisa por dejarlo todo cerrado y firmar.

—No tenía sentido esperar, ¿verdad? —Adam abrió las puertas que daban al balcón de piedra y apoyó ambas manos en la barandilla. No era que tuviera prisa. Lo que le sucedía más bien era que por primera vez en su vida, le resultaba imposible centrarse. Cerró los ojos para sentir el viento y deseó que la brisa le aclarara la mente. Aunque sabía que había pocas posibilidades de que así fuera.

Habían pasado tres días en los cuales había estado reviviendo la última escena con Sienna desde que salió de su casa. Podía ver claramente su rostro, cómo se había esforzado por contener las lágrimas de furia y de frustración. La había escuchado decirle que lo amaba.

La había viso salir de su despacho y cerrar despacio la puerta tras ella.

Daba igual que ahora estuviera a cientos de kilómetros. Sienna iba con él fuera donde fuera. No podía quitársela de la cabeza. Y no tenía claro que llegara a conseguirlo algún día. Diablos, Adam pensó que seguramente se pasaría los próximos cuarenta años con su imagen en el centro de sus pensamientos. Torturándole. Mostrándole lo que no podría tener.

–Tal vez esto sea lo que me merezco.

–¿Qué dices? –preguntó Kevin.

–Nada, no hablaba contigo –dijo Adam.

–Hablar solo no es una buena señal, amigo.

Adam frunció el ceño cuando Kevin salió al balcón para reunirse con él. Llevaba dos cervezas en la mano y le pasó una a Adam.

–Entonces, ¿quieres contarme por qué has cerrado este trato como si te persiguieran los perros del infierno?

–No he sido yo. Tú has hecho la mayor parte del trabajo.

–Y no creas que no te recordaré que me debes una bonificación de tiempo –aseguró Kevin alegremente–. Pero creo que aquí hay algo más. Creo que tienes prisa por volver a casa. Me pregunto por qué.

Adam resopló.

–No podrías estar más equivocado –aunque una parte de él estaba deseando subirse a su jet privado y volver con ella, sabía que eso no sería bueno. Cuando volviera a casa, Sienna se marcharía. Aunque Delores no hubiera vuelto todavía de sus vacaciones, Sienna no se quedaría en la casa con él. No después de lo que se habían dicho el uno al otro. No después de que lo que había empezado tan bien terminara de forma tan brutal.

–De acuerdo, eso es mentira –afirmó Kevin con amabilidad.

Adam le miró con dureza.

–La típica mirada Quinn nunca ha funcionado conmigo, así que ahórratela –le sugirió Kevin–. Los dos sabemos que estás deseando volver con Sienna, pero me estás mintiendo a mí y a ti mismo. ¿Por qué?

Adam suspiró. Tener un mejor amigo que te conocía tan bien podía llegar a ser una auténtica molestia en ocasiones. Sí, Adam quería volver a casa. Y a la vez no. Porque cuando volviera…

–Déjalo estar, Kevin.

–De eso nada –Kevin le dio un sorbo a su cerveza, se quedó mirando al mar unos instantes y luego volvió a clavar la vista en Adam–. Así que dime. ¿Qué has hecho?

Adam le miró fijamente.

–¿Qué te hace pensar que he hecho algo?

–Porque te conozco –Kevin sacudió la cabeza con disgusto, le dio otro sorbo a la cerveza y se reclinó contra la barandilla. La brisa marina los acariciaba. El sol estaba sumergido tras un banco de nubes grises, y debajo de ellas, en el mar, los surfistas se gritaban unos a otros alegremente mientras cabalgaban las olas.

–A nadie le gustan los sabiondos, Kevin.

–Claro que sí –su amigo le miró, entornó los ojos y dijo–, veamos cuánto me acerco. Le has dicho a Sienna que desaparezca porque te estás sacrificando para salvarla.

Adam resopló.

–Yo no me sacrifico por nadie.

–Mentira. Te has pasado la mayor parte de tu vida saltando al altar de los sacrificios.

–No soy tan altruista.

–Mentira otra vez –Kevin torció el gesto–. La familia es lo que más te importa, Adam. Y Devon era tu familia.

–¿Qué quieres decir con eso?

El sol estaba empezando a ponerse, y la silueta de Kevin quedaba recortada al fondo. Adam tuvo que apretar los ojos para poder ver la expresión de su amigo, y cuando por fin lo consiguió no le extrañó ver en su rostro una expresión de agravio.

–Cargaste con la energía de tu madre para intentar mantenerla apartada de Devon.

–No funcionó. Gracias por recordármelo –Adam levantó su cerveza en gesto de saludo y le dio un sorbo.

–Te echaste encima el peso de tu padre para cubrir el hecho de que Devon era un desastre.

–Nadie podía complacer a nuestro padre –reconoció Adam pensando en la cantidad de veces que había asumido la culpa de algún error en las obras porque su padre era más blando con él que con Devon.

–Muy bien, de acuerdo. Sigue defendiéndole –Kevin se apartó de la barandilla y se quedó allí de pie, con el viento revoloteándole el pelo–. Te olvidas de que yo he estado ahí muchas veces para presenciarlo, Adam. Así que no puedes engañarme.

En eso tenía razón.

–Vale. Como sea. Así que intenté ayudar a mi hermano. Mátame.

–No hace falta, de eso ya te encargas tú –le espetó Kevin–. Os he visto a Sienna y a ti juntos. Eso funciona y tú lo sabes. Qué diablos, hay tantas mariposas revoloteando a vuestro alrededor que en cualquier momento aparecerán corazones por encima de vuestras cabezas.

–Yo podría decir lo mismo sobre Nick y tú –señaló Adam dando otro sorbo a su cerveza, aunque ya no le sabía bien.

–Sí, podrías. La diferencia está en que yo encontré lo que quería y fui a por ello. Tú vas a dejar que Sienna desaparezca de tu vida. ¿Por qué? ¿Otra vez por Devon? ¿A cuánto tienes que renunciar por el inútil de tu hermano?

–Oye, espera un momento...

–No. Ya está bien, Adam. Devon era egoísta y perezoso, y no se merecía ni la mitad de la lealtad que siempre le has profesado.

Adam se puso en modo automático de defensa. Había dado la cara por Devon durante toda su vida. Al parecer ni siquiera la muerte impedía que reaccionara para salvarle el trasero.

–Era mi hermano.

–Lástima que él no pareciera recordarlo nunca –murmuró Kevin.

–Maldita sea, Kevin. Está muerto. ¿No basta con eso?

–Al parecer no, ya que sigues poniéndote delante de él para evitarle las balas –Kevin sacudió la cabeza y se lo quedó mirando fijamente–. Devon nunca fue lo bastante inteligente como para reconocer lo bueno que tenía.

Adam se pasó una mano por el pelo y lamentó no poder discutir con él.

Kevin levantó la barbilla como incitándole a darle un puñetazo. Pero los dos sabían que eso no ocurriría.

–Devon no movió un dedo en la empresa que creasteis juntos.

–Sí...

–Le dio la espalda a sus padres y prácticamente los echó de su vida por completo porque eso era más fácil que tener que lidiar con la basura familiar que todos tenemos.

–Cierto, pero él…

–Y por último –le interrumpió Kevin–, dejó escapar a Sienna para poder ir tras otras mujeres. Y estas son solo algunas razones por las que siempre has sido mejor hombre que Devon.

–Maldita sea, Kevin –por mucho que odiara admitirlo, todo lo que su amigo había dicho era verdad.

Diablos, Kevin era más un hermano para Adam de lo que lo había sido Devon, y aunque le doliera admitirlo, también era un alivio reconocerlo finalmente. Siempre había podido contar con Kevin, incluso aunque fuera para que soltara todas las cosas que Adam no quería escuchar.

Kevin agarró su cerveza, la entrechocó suavemente con la de su amigo y le dio un sorbo.

–Así que eres mejor hombre que el idiota de tu hermano.

–Gracias. Pero según tu opinión, eso tampoco es decir mucho.

–Ahora tenemos que averiguar si también eres más inteligente que él.

Adam sabía exactamente a qué se refería, y dijo:

–¿No ha tenido Sienna ya bastante intervención de la familia Quinn en su vida?

Kevin suspiró.

–Adam, ¿te parece Sienna el tipo de mujer que permitiría que algún hombre le diga cómo tiene que vivir su vida?

Adam pensó en ello un instante y luego sonrió.

–No, la verdad es que no. Tenías razón con lo de la reforma de su casa. Estaba furiosa…

–Pero no te dejó –le recordó Kevin–, la dejaste tú.

–Por su bien –murmuró Adam–. Ya fracasé una vez en el matrimonio.

–Hacen falta dos, amigo –le dijo Kevin–. Tricia tampoco estuvo a la altura. A ninguno de los dos os importaba lo bastante como para luchar por ello.

Adam asintió en silencio y recordó que su exmujer y él ni siquiera se habían peleado. Con Sienna le gustaba enfrentarse. Discutir era divertido, pero arreglarlo era increíble.

–Estás sonriendo. Bueno, ¿y cuál es el plan? –preguntó Kevin–. ¿Volvemos a casa e intentas arreglar este lío mientras todavía puedas?

–Si no lo hago, ¿vas a recordármelo eternamente?

–Creo que los dos conocemos la respuesta a eso –dijo Kevin sonriendo.

–Sí, así es –Adam asintió mirando a su amigo. Su hermano–. Preparemos el papeleo y volvamos a casa.

–Brindo por ello –Kevin levantó la cerveza y Adam entrechocó la suya contra ella.

Un día más y arreglaría aquello. Lo arreglaría todo. Se casaría con Sienna, podrían adoptar a Jack y tendrían una familia que sería la envidia de todos.

¿Y si Sienna discutía con él sobre su decisión?

Un extra.

Adam entró al caos.

Jack estaba gritando, Donna lloraba y parecía como si hubiera estallado una bomba en medio del salón. ¿Dónde diablos estaba Sienna?

–¿Madre?

Donna alzó la cabeza y clavó su mirada salvaje en él.

–Oh, gracias a Dios. No deja de llorar –agitó las manos hacia el bebé–. Haz algo con él. Me está volviendo loca. No hay nadie para ayudarme. Estoy al borde del colapso…

Adam dejó la bolsa en el suelo, se acercó al niño y lo sacó del andador. Tenía la piel caliente y enrojecida; las lágrimas le caían por las mejillas y por el cuello. Tenía el pelo pegado a la cabeza y en cuanto Adam lo tomó en brazos, Jack apoyó la cabeza en su hombro y sorbió con fuerza.

–¿Qué diablos está pasando aquí? –preguntó girando la cabeza para mirar a su alrededor–. ¿Dónde está Sienna?

Donna resopló.

–La eché de aquí. Como tendrías que haber hecho tú.

–¿Qué has hecho? –preguntó en voz tan alta que Jack se estremeció entre sus brazos–. Lo siento, lo siento –murmuró dándole unas palmaditas al pequeño en la espalda mientras miraba con fiereza a su madre.

–Este no es su sitio. En tu casa. Cuidando del hijo de Devon. De mi nieto.

–Yo la invité a estar aquí, madre –le señaló Adam–. A ti nadie te ha invitado.

Donna boqueó y se le sonrojaron las mejillas. Adam suspiró. No traería ningún bien pelearse con su madre. Mejor sería tranquilizarla y librarse de ella.

–Si crees que puedes involucrarte con esa mujer, estás muy equivocado.

Adam se quedó paralizado.

–¿Perdona?

Los juguetes de Jack estaban desperdigados por el

suelo. Había cuatro tazas de café vacías en diferentes mesas y unas cuantas botellas de agua. El suelo estaba lleno de migas de galleta bajo el andador y había una caja de pañales en la barra del bar. Su casa era un desastre, el bebé estaba histérico y su madre parecía preparada para la guerra. Perfecto.

—Si permites que esa mujer vuelva a entrar en nuestra familia, no volveré a hablarte nunca.

Drama. Toda su vida había sido un drama.

Donna Quinn sabía crear una escena mejor que cualquier director de Hollywood. Era conocida por su capacidad para machacar a cualquier persona hasta que no quedara de ella más que un puñado de huesos y pelo. Pero Adam no le había seguido el juego ni cuando era niño, así que no entendía por qué Donna pensaba que esto serviría con él ahora.

—Madre —le dijo con tono pausado—. Tú no diriges mi vida. Nunca lo has hecho. Tomo mis propias decisiones y veré a cualquier mujer que quiera ver. No necesito tu permiso.

—Ella es mala —insistió Donna—. Es como si hubiera matado a tu hermano, porque no le importaba lo suficiente como para quedarse a su lado y cuidar de él.

—Oh, por el amor de Dios —Adam se subió al niño más arriba en el hombro cuando se dio cuenta de que se había dormido—. Devon la engañaba cada dos por tres y no se molestaba en ocultarlo. Sienna habría estado loca para quedarse con él.

—No lo entiendes. Nunca lo has entendido —dijo Donna mientras las lágrimas le resbalaban por las mejillas—. Tú siempre fuiste más de tu padre que mío.

—No sé, madre —respondió él cansado.

Había vuelto a casa para ver a Sienna. Para encontrar la manera de construir un futuro juntos. Para convencerla de que se arriesgara con otro Quinn. Y en cambio se veía arrojado a una película de serie B protagonizada por una mujer que parecía decidida a agarrase al dramatismo que él quería evitar.

–Tal vez sea verdad. Lo que sí sé a ciencia cierta es que voy a ver a Sienna. Y voy a traerla a casa. Aquí. Si no puedes con ello, te sugiero que vuelvas a Florida.

–¿Estás echando a tu propia madre?

–No –la corrigió Adam mirándola a los ojos vidriosos.

Una parte de él sentía lástima por su madre. Había sido un fantasma en su vida, nunca le había dedicado realmente tiempo. Aunque no le cabía duda de que los había querido a Devon y a él. A su manera. Pero su prioridad ahora era Sienna. Sienna y Jack. Y si su madre no podía aceptarlo…

–Te estoy pidiendo que dejes de culpar a todo el mundo excepto a Devon por lo que pasó –murmuró en voz baja.

–¿Y si no puedo?

–Entonces lo siento mucho, pero puedes tomar mi jet y volver a casa. Llamaré al aeropuerto y les diré que lo tengan preparado para ti.

Donna se lo quedó mirando horrorizada durante un instante.

–La prefieres a ella antes que a mí.

–Prefiero el futuro antes que el pasado –la corrigió. Y en cuanto pronunció aquellas palabras se sintió bien.

–Entonces me voy.

–Esa es tu elección –dijo Adam lamentando que las cosas no fueran distintas–. Llamaré al aeropuerto.

Donna se lo quedó mirando un largo instante, como

si no pudiera creer lo que estaba pasando. Adam estaba convencido de que en el fondo pensaba que se disculparía y le prometería que apartaría a Sienna de su vida para siempre. Bien, pues tendría que aprender a vivir con la desilusión.

Donna salió corriendo del salón con una mano en la boca, como si estuviera conteniendo más lágrimas. Volvería a Florida, y de ella dependería si quería venir de visita o no. Pero ya era hora de que se diera cuenta de que Adam ya no estaba dispuesto a saltar constantemente al altar de los sacrificios.

–Muy bien, pequeño –susurró dándole un beso al bebé, que seguía dormido en su pecho–. Llegó el momento de ir en busca de nuestra mujer.

Sienna se inclinó sobre el ordenador y observó las fotos que había tomado el día anterior en la playa. Desde que salió de casa de Adam, había intentado concentrarse. Recuperar su vida y perderse en el trabajo. Hasta el momento no lo había conseguido, pero tenía esperanza. No había llorado en todo el día todavía, y eso era un plus. Aunque seguía sin poder dormir, y se pasaba la noche acurrucada en el sofá viendo películas antiguas para que le hicieran compañía.

Pero se suponía que cada día iría a mejor, ¿verdad? Porque tal y como se sentía, solo podía ir a mejor.

Cuando sonó el timbre de la puerta fue a abrir y vio un Jaguar negro brillante aparcado en la entrada. El corazón le dio un vuelco en el pecho y tuvo que tragar saliva para pasar el nudo que se le había formado en la garganta. Sabía que era Adam. Tenía que serlo, porque no conocía a nadie más con un coche así.

¿Por qué estaba allí? ¿Qué podía querer? La esperanza se abrió paso en el centro de su pecho y la abatió. No podría soportar que el globo se hinchara otra vez y verlo estallar.

Armándose de valor, abrió la puerta y se lo quedó mirando. Adam tenía el pelo despeinado por el viento. Llevaba puesta una camiseta rojo oscuro, vaqueros y botas de vaquero desgastadas. Estaba tan acostumbrada a verlo desnudo o con elegantes trajes hechos a medida que necesitó un segundo para reconocer al Adam vestido de manera informal.

Tenía a Jack en brazos, y cuando lo miró, el pequeño se agitó y le tendió los brazos. Sienna lo agarró y lo estrechó contra sí, disfrutando de su contacto cálido. Luego miró a Adam a los ojos y se le aceleró el corazón. No había persianas en aquellas profundidades marrones. No estaba intentando alejarla, y Sienna no supo cómo tomárselo.

Jack se revolvió emocionado y ella lo abrazó más fuerte.

–Oh, cuánto te he echado de menos –susurró plantándole un beso en la frente.

–¿Y a mí? –preguntó Adam entrando en la casa y obligándola a echarse hacia atrás para poder pasar. Cerró la puerta.

Le había echado tanto de menos como lo habría hecho con un brazo. Una pierna. El corazón.

–Adam…

–Solo responde a la pregunta, Sienna.

–Claro que te he echado de menos –le espetó irritada. En cuanto estaban juntos Adam empezaba a lanzar órdenes otra vez.

Él sonrió.

–No parece que eso te ponga contenta.

–¿Por qué iba a ser así? Te dije que te quería y tu respuesta fue básicamente «lárgate» –Sienna exhaló el aire–. No son precisamente corazones y flores, Adam.

–Ya –Adam frunció el ceño–. Por eso he venido. Estaba equivocado.

Sienna parpadeó varias veces. Adam se rascó la parte posterior del cuello, y por primera vez en su vida Sienna vio que don rey del universo estaba nervioso.

–Sí –continuó él–. Soy capaz de admitir que estoy equivocado. No sucede con frecuencia porque normalmente tengo razón.

–Por supuesto que sí –Sienna no pudo evitar reírse–. Y dime, ¿en qué te has equivocado exactamente?

Adam pasó por delante de ella, entró en el pequeño salón y empezó a recorrerlo como un tigre enjaulado.

–Bonito salón. Aunque un poco pequeño.

–Gracias –respondió Sienna con ironía.

Adam la miró fijamente.

–Ya sabes que mi matrimonio fracasó.

–Sí, ya henos hablado de eso –le recordó ella–. El mío también.

–Sí, pero eso es distinto. Devon era un imbécil. No fue culpa tuya. ¿Yo? A mí no se me da bien compartir –Sienna vio preocupación en sus ojos. Era la primera vez que no veía a Adam seguro de sí mismo.

–Adam…

–Ah, y siento las cosas horribles que te haya podido decir mi madre.

Ella se sonrojó y apoyó la frente en el bebé.

–No es necesario. Lo entiendo.

–Pues yo no –Adam torció el gesto, se detuvo y se cruzó de brazos–. Quiero que sepas que no me importa lo que piense mi madre, ni lo que piense nadie. Tampoco me importa que me saliera mal mi primer matrimonio, porque estar casado contigo sería distinto.

–¿Casados? –el corazón se le puso al galope.

¿Se estaba declarando? Si así era lo estaba haciendo fatal, y deseó que guardara silencio el tiempo suficiente para que pudiera decirle que sí.

–Tú me quieres, Sienna. Aunque no me lo hubieras dicho, yo lo habría sabido. Lo llevas escrito en la cara –se acercó a ella, le levantó suavemente la barbilla y la miró a los ojos–. Lo veo cada vez que te miro. Y no creo que pueda sobrevivir un día más sin volver a verlo.

Ella aspiró con fuerza el aire y dijo:

–Oh, Adam, yo…

–No tiene sentido que digas que no porque así es como tienen que ser las cosas –la miró con dureza–. Me quieres. Yo te quiero. Nos casamos. Delores puede ayudarnos con Jack…

–Seguro que podría, pero…

Adam miró pensativo al techo durante un segundo y luego dijo:

–Por supuesto, cuando tengamos más hijos Delores necesitará ayuda…

–¿Más hijos?

Adam se encogió de hombros.

–No querrás que Jack crezca solo, ¿no?

–No, pero deberíamos…

–Tal vez podríamos traer a la hermana de Delores. Podríamos construir una casita en el jardín de atrás lo bastante grande para ellas dos.

A Sienna le daba vueltas la cabeza, tenía el corazón acelerado y le costaba trabajo respirar.

–Adam, ¿qué estás intentando decir exactamente?

—Intento decirte que te vas a casar conmigo –afirmó.

Jack se revolvió y le echó los brazos a Adam. Él lo agarró con facilidad. Era curioso cómo cambiaban las cosas, pensó Sienna. El día anterior tenía el corazón roto. Hoy Adam le ofrecía amor. Una familia.

—¿Voy a casarme contigo?

—No te quepa la menor duda –Adam la atrajo hacia sí con el brazo libre–. Te quiero, Sienna. He intentado evitarlo. Pensé en mantenerme alejado de ti. Para protegerte. Pero no puedo. Y si eso me convierte en un maldito egoísta, tendré que vivir con ello. No puedo dejarte ir. Quiero vivir con Jack y contigo y que tengamos más hijos. Se nos da muy bien lo de los críos, así que, ¿por qué no?

—¿Por qué no? –repitió Sienna asintiendo, llorando, parpadeando porque no quería perderse nada de aquel momento.

—Creo que deberíamos adoptar a Jack ya –continuó Adam pasándole una mano al bebé por la espalda–. Convertirnos oficialmente en sus padres.

Sienna le puso una mano a Adam en el pecho y sintió su corazón latiendo tan deprisa como el suyo.

—Creo que es una idea maravillosa.

—Bien. Eso está bien –la besó y se entretuvo en su boca como si estuviera saboreando lo más delicioso del mundo. Cuando finalmente levantó la cabeza, dijo–, tendremos que encontrar la manera de lidiar con mi madre. Pero te prometo que no interferirá entre nosotros.

—Lo sé, Adam –dijo Sienna poniéndole la palma de la mano en la mejilla.

Adam se inclinó para darle otro beso y el bebé les dio palmadas en la cara a los dos, riéndose.

–Creo que lo aprueba –aseguró Adam con una sonrisa–. Bueno, todavía no me has contestado. ¿Te vas a casar conmigo o no?

–Vaya. Una pregunta. ¿Seguro que no quieres ordenarme que me case contigo?

–Sería más fácil –reconoció él–. Pero sí, es una pregunta. Que necesita respuesta.

–Entonces aquí la tienes. Sí. Sin dudarlo, Adam.

Habían necesitado tiempo para encontrarse el uno al otro. Pero la espera había servido para que el principio fuera mucho más dulce. Sienna rodeó a Adam con los brazos y apoyó la cabeza en su pecho, al lado del niño que ya era un hijo para ella en su corazón. Los tres completaban un círculo que Sienna ni siquiera sabía que estaba buscando. Y ahora que lo había encontrado, sabía que estaba en casa.

–Entonces –susurró Adam–, para ir a comprar el anillo tenemos que dejar a Hermione aquí y subirnos a Thor.

Sienna echó la cabeza hacia atrás y le miró con una sonrisa.

–¿Hermione?

–No eres la única que puede ponerle nombres a los coches.

–Pero, ¿por qué Hermione? –Sienna sonreía ahora de oreja a oreja. Se sentía tan feliz que pensó que iba a estallar.

–Es británica, y me gustan los libros de Harry Potter.

Sienna se rio.

–Te quiero de verdad.

Adam la besó con fuerza.

–No dejes de hacerlo nunca.

Epílogo

Un año más tarde

–Sube un poco más a Jack –ordenó Sienna–. Y mueve a Maya a la izquierda. A mi izquierda. Tu derecha.

–Sienna –murmuró Adam–. Esta foto es para nosotros, no estás fotografiando la Capilla Sixtina. ¿No puedes disparar y ya?

–Un momento –dijo Nick colocándose delante de la cámara para estirar el vestido verde claro de Maya–. Ya estás, ahijada. Preciosa –se giró hacia Jack para hacerle cosquillas, y el niño se rio–. Y este niño tan guapo –volvió a salirse de cuadro–. De acuerdo, Sienna, ¡date prisa!

Así lo hizo, y el clic de la cámara sonó como si hubiera un enjambre de grillos suelto en el estudio fotográfico. Cuando se sintió satisfecha, Sienna se incorporó, se acercó a su familia y agarró a la niña de dos meses en brazos.

–Ya está, preciosa.

Adam se puso a Jack sobre los hombros y miró a Nick.

–¿Dónde está Kevin?

–Se ha llevado a los niños al jardín de atrás –Nick sonrió–. Los tres se ponen nerviosos cuando se ven obligados a estar quietos para las fotos.

Sienna escuchaba a todo el mundo y sonreía. El

año anterior había sido el más perfecto de su vida. Se casó con Adam, se convirtió en madre de Jack y luego, como una bendición, volvió a ser madre de Maya.

El mundo era un lugar maravilloso y cada noche daba las gracias a quien estuviera escuchando por la maravilla de su vida.

–Eh –Adam se acercó y les dio un beso a ella y a su hija–. ¿Estás bien?

Sienna miró sus ojos marrones, que ya nunca estaban cerrados a ella. Sienna veía calor y felicidad en su mirada firme y el corazón se le llenaba y se le derramaba en el alma.

–Estoy fenomenal –le aseguró.

–Bien. No me conformo con nada menos que eso –Adam le pasó un brazo por los hombros mientras sostenía a Jack con el otro.

–Voy a ir a buscar a Kevin y a los niños para que podamos ir todos a casa a cenar –Nick sonrió y se dirigió por el pasillo hacia el jardín de atrás.

Sienna le vio salir y se inclinó en Adam con una sonrisa satisfecha.

–¿Quién iba a imaginar que Kevin sería un padre tan dedicado?

–Creo que Nick siempre lo ha sabido –dijo Adam dándole un beso en la coronilla–. Esos niños ya tienen a Kevin comiendo de su mano.

Los hermanos Tony, de cinco años, y Max, de tres, se habían unido a la familia de Kevin y Nick como niños de acogida seis mese atrás, y ya estaban hablando de adopción. Nick nunca había sido tan feliz, y Kevin llevaba tantas fotos para enseñar, que la gente de la oficina había empezado a escapar de él.

La madre de Adam no se había convertido precisamente en Mary Poppins, pero en los últimos meses había hecho un esfuerzo. La mujer estaba como loca con sus nietos, en pequeñas dosis, así que Sienna confiaba que algún día las viejas heridas sanarían del todo.

Mientras tanto, Sienna tenía su estudio de fotografía perfecto y había vendido su casita de Long Beach a una encantadora y joven pareja que había prometido cuidar de ella. Su negocio crecía como la espuma, y todos los días volvía a casa a reunirse con las personas que más quería del mundo.

—¿En qué estás pensando? —susurró Adam.

—En lo mucho que te quiero. Y a los niños. Y a nuestra vida.

—Nuestra vida juntos lo es todo para mí. No sé cómo vivía antes de ti, Sienna —dijo suavemente. Y sus ojos mostraban el amor que coloreaba aquellas palabras.

—Te amo, Adam —dijo ella acariciándole la mejilla con las yemas de los dedos.

—Y cuando luego acostemos a estos niños —dijo él con un guiño—, yo te demostraré lo mucho que te amo yo a ti.

—¿Más errores? —bromeó Sienna recordando cómo habían empezado.

Adam la miró profundamente a los ojos y dijo:

—El mejor error que he cometido en mi vida. Porque me llevó hasta ti.

Acepte 2 de nuestras mejores novelas de amor GRATIS

¡Y reciba un regalo sorpresa!

Oferta especial de tiempo limitado

Rellene el cupón y envíelo a
Harlequin Reader Service®
3010 Walden Ave.
P.O. Box 1867
Buffalo, N.Y. 14240-1867

¡Sí! Por favor, envíenme 2 novelas de amor de Harlequin (1 Bianca® y 1 Deseo®) gratis, más el regalo sorpresa. Luego remítanme 4 novelas nuevas todos los meses, las cuales recibiré mucho antes de que aparezcan en librerías, y factúrenme al bajo precio de $3,24 cada una, más $0,25 por envío e impuesto de ventas, si corresponde*. Este es el precio total, y es un ahorro de casi el 20% sobre el precio de portada. !Una oferta excelente! Entiendo que el hecho de aceptar estos libros y el regalo no me obliga en forma alguna a la compra de libros adicionales. Y también que puedo devolver cualquier envío y cancelar en cualquier momento. Aún si decido no comprar ningún otro libro de Harlequin, los 2 libros gratis y el regalo sorpresa son míos para siempre.

416 LBN DU7N

Nombre y apellido	(Por favor, letra de molde)	
Dirección	Apartamento No.	
Ciudad	Estado	Zona postal

Esta oferta se limita a un pedido por hogar y no está disponible para los subscriptores actuales de Deseo® y Bianca®.
*Los términos y precios quedan sujetos a cambios sin aviso previo.
Impuestos de ventas aplican en N.Y.

SPN-03   ©2003 Harlequin Enterprises Limited

DESEO

Bianca

**Ella tenía un secreto…
y cada vez resultaba más difícil ocultarlo**

SILENCIOS
DEL PASADO

Melanie Milburne

N° 2765

Isla McBain tuvo una aventura con Rafe Angeliri que iba a ser
solo temporal, una oportunidad para explorar la apasionada
conexión que había entre ellos. Pero esa aventura tuvo como
resultado que ella quedó embarazada del famoso hostelero. Si
ese embarazo se supiera, la noticia llegaría a los titulares e
Isla no podía arriesgarse a que nadie rebuscara en su doloroso
pasado y arruinara la impecable reputación de Rafe.
Cuando él se enteró del embarazo de Isla, decidió llevársela a
Sicilia con la intención de casarse con ella. Más allá del deseo,
la idea resultaba tentadora, pero ¿se atrevería Isla a convertirse
en la señora Angeliri?

¡YA EN TU PUNTO DE VENTA!